WANDA A. CANUTTI
pelo espírito EÇA DE QUEIRÓS

ALMAS
a CAMINHO *da*
REDENÇÃO

Capivari-SP | 2019

© 2003 Wanda A. Canutti

Os direitos autorais desta obra foram cedidos pela autora para a Editora EME, o que propicia a venda dos livros com preços mais acessíveis e a manutenção de campanhas com preços especiais a Clubes do Livro de todo o Brasil.

A Editora EME mantém o Centro Espírita "Mensagem de Esperança" e patrocina, junto com outras empresas, instituições de atendimento social de Capivari-SP.

1ª impressão da 2ª edição – maio/2019 –
de 12.501 a 17.000 exemplares

CAPA | André Stenico
ILUSTRAÇÃO | DR Perillo
DIAGRAMAÇÃO | vbenatti
REVISÃO | Editora EME

Ficha catalográfica

Queirós, Eça de, (Espírito)
    Almas a caminho da redenção / pelo espírito Eça de Queirós; [psicografado por] Wanda A. Canutti – 2ª ed. maio 2019 – Capivari, SP: Editora EME.
    216 pág.

    1ª ed. dez. 2003
    ISBN 978-85-7353-282-3

1. Espiritismo. 2. Psicografia. 3. Romance mediúnico.
4. Influência espiritual no dia a dia. I. TÍTULO

CDD 133.9

SUMÁRIO

Palavras do autor 7
1. O velho avô 9
2. A herança 15
3. Susto 23
4. Investigações 29
5. Providências 37
6. Pânico 47
7. Auxílio 53
8. Interesse 63
9. O outro lado 71
10. Em demanda 81
11. Desespero 89
12. Confissão 97
13. Problemas sérios 105
14. À procura de soluções 115
15. Imprevisto 129
16. Agravamento do problema 137
17. Aviso 145
18. Em ação 151
19. Justificativas 159
20. Continuando 165
21. Estratégia 171
22. Uma festa diferente 177
23. No caminho certo 183
24. Revolta 189
25. Transformação 195
26. Redenção 201
27. Em busca de orientação 209

José Maria Eça de Queirós

Nasceu, em 1845, em Póvoa do Varzim, Portugal e desencarnou em Paris, no ano de 1900. Formou-se em Direito, pela Universidade de Coimbra, dedicando-se inicialmente ao jornalismo e depois à literatura.

PALAVRAS DO AUTOR

CADA VEZ QUE um livro se completa, contendo exemplos de vida, mais elevo meu agradecimento ao Pai, por oportunidade tão redentora que me concede.

Todos somos almas necessitadas, procurando a própria redenção. Temos passado infeliz que precisamos ressarcir, e essa oportunidade que se me oferece traz-me o mesmo ensejo, pois também quero estar redimido de minhas faltas passadas e das oportunidades perdidas. Por isso, não desejo transmitir apenas exemplos através das personagens, mas coloco-me também entre elas, em busca de um caminho que me leve mais rapidamente ao Criador.

Erros, nesta Terra, todos nós os praticamos. No entanto, aqueles que aqui se encontram vivendo as ilusões terrenas, esquecidos da eternidade do espírito e desejando aproveitar o máximo das oportunidades que o momento lhes propicia, mesmo derrubando e ferindo os que encontram pelos caminhos, não sabem os compromissos que assumem, se persistirem nessa caminhada.

Mas, abençoados são quando se esforçam e aceitam um novo rumo que lhes é mostrado para tirá-los do mal e começam a trabalhar a própria redenção. Abençoados são aqueles que, revoltados e intransigentes no perdão dos erros alheios, também são tocados no coração e estendem-lhes a mão, retirando-os da senda tortuosa das ilusões passageiras. Abençoados são todos os que procuram a própria elevação, auxiliando a redenção das almas que foram determinadas por Deus para caminharem em sua direção.

Não é do acusar, do preterir, do não perdoar, que essas almas serão reconduzidas ao caminho reto da paz interior e da correção de atitudes, mas empregando muito carinho e compreensão, sem, contudo, fazermos nenhuma apologia ao erro nem aos que o praticam, para não estimulá-los a prosseguir. Temos obrigação de ajudá-los através do amor que nos irmana, como filhos de um mesmo Pai, vivendo num mesmo orbe cheio de quimeras e atrativos fugazes, reconhecendo que também somos falíveis.

Sejamos, pois, compreensivos, demonstremos o nosso entendimento reencaminhando os que erram, ajudando a reerguê-los e a seguirem conosco a senda da regeneração, sobretudo quando, arrependidos, suplicam novas oportunidades. Só assim estaremos cumprindo aqui a missão que Deus nos outorgou, vendo a cada um como irmão, dispensando-lhes ternura, porque somos todos caminheiros, em busca da própria redenção.

Eça de Queirós
Araraquara, 26 de julho de 1993

1
O VELHO AVÔ

ERA MADRUGADA. O frio enregelava os corpos, pela intensidade, mas, dentro daquela mansão onde muitos recursos havia para cada estação, os moradores dormiam muito bem agasalhados, sob grossos cobertores, como se a rigidez hibernal ali não chegasse.

Tudo estava sereno, o sono envolvia a todos.

A família que nela residia era grande. O velho avô não consentiu em que seu filho mais velho, ao se casar, deixasse a casa. O conforto e as posses eram suficientes para continuarem juntos. Sua companheira já havia partido e ele sentia-se só, apesar de possuir diversos filhos. Alguns estudavam fora e uma das filhas já havia se casado. O mais velho, porém, era o filho com o qual mais se identificava, que o ajudava nos negócios, e juntos permaneceram.

Isso se passara há muitos anos! Hoje estava velho, vinte anos haviam decorrido. Os netos começaram a chegar e a casa novamente estava cheia, ocupando o lugar dos filhos que não quiseram ou não puderam ali morar. A nora, bondosa, compreendia alguma rabugice própria da sua idade.

Idalina era o seu nome. Tivera cinco filhos, agora todos jovens, três rapazes e duas moças. Todos estavam estudando e movimentando a mansão, não só com suas presenças, mas também com as dos seus amigos. Pareciam estar sempre em festa. Alegres, conversavam muito, e a música sempre enchia o ar com seus acordes.

Era uma família feliz! O marido de Idalina, Paulo, comandava os negócios do pai, com o qual aprendera, e tinham uma vida calma, com todo o conforto que o dinheiro pode proporcionar.

O velho avô, como o chamavam, era muito respeitado, embora os netos, no afã da mocidade, nem sempre lhe davam as atenções que ele gostaria de receber. Não tinha mais pressa e o tempo sobrava-lhe o dia todo. Para os jovens, porém, escoava rapidamente e era insuficiente para todas as atividades que um físico jovem requer, ainda mais quando o dinheiro não lhes traz nenhuma dificuldade nem impedimento. Todavia, gostavam do avô e quando passavam por ele, se não paravam para longas conversas, como era de seu desejo, tinham uma palavra de atenção ou uma brincadeira que o deixava feliz.

Mas, naquela madrugada em que o frio enregelava os corpos, ouviu-se um gemido que começou a se estender pela casa.

O neto mais velho, Eduardo, tinha o quarto contíguo ao dele. Ouvindo aquele som estranho, prestou atenção e percebeu que vinha do quarto do avô. Levantou-se rapidamente para verificar e, à medida que se aproximava, mais os gemidos eram ouvidos. Ao entrar, encontrou-o caído ao chão, perto do leito.

Aturdido como quase sempre acontece nessas ocasiões, tentou colocá-lo de volta no leito, mas não conseguiu. Saiu correndo e, batendo nas portas dos quartos, alertou os familiares dizendo que o ancião passava mal.

Todos se levantaram e, num instante, estavam ao redor do velho. Com grande esforço, colocaram-no de volta na cama, enquanto Idalina tentava localizar um médico através do telefone.

O velho apenas gemia, e, sem conseguir articular nenhuma palavra, parecia ausente do ambiente que o circundava.

A neta mais jovem, Dulce, postou-se à sua cabeceira e acariciava-lhe os cabelos encanecidos, mas ele não reagia.

Quando o médico chegou, pediu aos familiares que se retirassem e, em presença apenas de Paulo, realizou minucioso exame. Não precisou muito para concluir que ele havia sofrido um derrame cerebral, e precisava ser transportado imediatamente a um hospital.

Providenciaram uma ambulância e removeram-no, acompanhado pelo filho, pela nora e pelo médico. Exames foram realizados, mas pouco havia a ser feito, apenas aguardar.

Nunca mais o doente pronunciou uma palavra, e, aos poucos, até seus gemidos deixaram de ser ouvidos. Ao cabo de cinco dias, abandonou esta Terra onde muito havia trabalhado, e também sido feliz. Mantivera a prole sempre unida, procurara o conforto para os seus, e encaminhara bem os filhos que eram pessoas de caráter, cada um desempenhando suas atividades junto das famílias que também constituíram.

Com a enfermidade do velho, os familiares se reuniram novamente e eram muitos. Quando o desenlace se deu, todos estavam à sua volta. A sua partida deixou-os tristes, mas agradecidos por tudo o que lhes havia proporcionado, e pelo grande amor que lhes devotara.

Os funerais realizados, a família permaneceu reunida na consternação e na tristeza, e os que residiam fora continuavam em casa de Paulo, ainda de propriedade do pai. Sem ânimo para longas conversas, relembravam algum fato do qual o pai participara, lembraram-se da infância quando ainda tinham a companhia da mãe, e passaram assim o tempo nas ternas recordações que levam a um passado agradável, sem preocupações, no doce aconchego dos pais.

Numa dessas conversas, um dos irmãos perguntou a Paulo se a mansão ainda estava em nome do velho pai.

– Você sabe que sim! Ele nunca quis fazer a partilha em vida, e nós nunca insistimos para não parecer que estávamos agourando a sua partida.

– Agora precisamos providenciar a divisão dos bens. Nós também temos direito! – propôs o que havia perguntado.

– O direito é de todos! – retrucou Paulo. – Todavia, quem esteve à testa dos negócios, fui eu! Sempre tomei conta da indústria e administrei, para papai, seus outros bens.

– Sabemos disso e nunca interferimos, pois tínhamos o nosso quinhão nos lucros. Mas agora é chegado o momento de cada um ter a sua parte no próprio nome.

– Providenciaremos, mas, se concordarem, gostaria de continuar na administração da indústria e de também permanecer nesta casa. Aqui sempre vivemos, já estamos bem instalados, e uma mudança nos transtornaria muito.

– Quanto a isso, num outro momento nos reuniremos para resolver em acordo com todos. Temos o mesmo direito à herança, ainda que, como diz, você sozinho tenha tomado conta de tudo, até agora.

– Vocês residem fora. Como farão com o que lhes couber? – indagou Idalina que ouvia esta conversa.

– Poderemos vender e transformar em outra propriedade onde moramos! Mas isso fica para depois; o importante é que tenhamos o que é nosso.

– Hoje devemos dar por encerrada esta conversa! – interferiu Paulo. – Vamos descansar, que estamos desgastados pela enfermidade de papai, pelos funerais, e não temos condições de decidir nada! Amanhã, antes de partirem, voltaremos ao assunto.

– Se assim o deseja, – respondeu o irmão – amanhã continuaremos, mas não devemos ir embora sem uma decisão.

– Como o desejarem! As resoluções deverão ser tomadas, e o faremos com a mesma amizade que sempre nos uniu. O que deve ser de cada um o será! Não serei eu que porei empecilho! Amanhã resolveremos! – completou Paulo.

A noite passou, mas Paulo, com a tristeza da perda do pai e as decisões pendentes, pouco descansou. As horas passavam e os pensamentos se sucediam... Não gostaria de ter de deixar a administração da indústria, à qual já estava habituado. Acompanhara o pai desde a conclusão do seu curso de Direito, e sempre estivera junto dele, até que, aos poucos, ele foi deixando as responsabilidades em suas mãos. Com o passar dos anos, comparecia cada vez menos ao trabalho, e, no final de sua vida, visitava a indústria somente quando Paulo insistia em mostrar-lhe alguma inovação. Acedia à insistência do filho apenas para satisfazer-lhe a vontade, mas, com o avanço de tanta tecnologia, já quase não conhecia a sua velha fábrica.

A noite passou, ainda guardando em si muito do frio hibernal, e, pela manhã, alguns já se encontravam prontos para voltar a seus lares e suas atividades, mas aquela mesma conversa foi retomada.

Como sugestão de Paulo, organizaram uma relação de todos os bens deixados, e posteriormente fariam a avaliação de cada um, para que a partilha fosse a mais equânime possível. No entanto, nada daria direito a Paulo, pelo valor, de ficar com a indústria e a mansão. Eram as propriedades de maior valor.

Um deles, menos ligado a negócios, sugeriu que vendessem tudo e cada um tivesse sua parte em dinheiro. Abismado com tal proposta, Paulo manifestou-se um pouco alterado:

– E a indústria? De onde tiraremos o nosso sustento, após? Vocês também entram na divisão dos lucros mensais e assim cada um recebe a sua parcela! E todo o esforço de papai, onde fica? Não devemos vendê-la, não; encontraremos uma forma que agrade a todos!

Idalina, que participava da reunião, sugeriu-lhes:

– Todos têm, mensalmente, parte nos rendimentos, tanto da indústria como das propriedades. Por que ter de decidir assim, tão repentinamente? Por que não continuar como está, por mais algum tempo, até pensarem na melhor solução? Vocês não estão em prejuízo, nem Paulo quer lesar ninguém, mas não tomem decisões precipitadas! Deixem o tempo passar que resoluções melhores virão!

– Insisto, Idalina, para não ter que retornar! Não me é fácil deixar as obrigações e sempre estar aqui. Sabe que não moramos no país! – justificou aquele que primeiro levantara a questão.

– Compreendo, mas por que resolver tão apressadamente? Vocês têm o suficiente para continuar a viver com o mesmo conforto que tiveram até aqui!

– Idalina tem razão! – concordou uma das irmãs de Paulo. –

Deixemos o tempo passar e resolveremos com calma! Pensemos agora em papai, com respeito e saudade! Os bens que nos deixou, não sejam a causa da desunião e do desentendimento entre nós! Se ele aqui pudesse estar, com certeza ficaria triste conosco. Lembrem--se de que poderia ter feito a divisão em vida, mas nunca o quis. Respeitemos, pelo menos, a sua partida tão recente! Esperemos por melhores soluções, sem pressa e sem atropelarmos Paulo. Se sempre confiamos nele, por que não estender essa confiança por mais um tempo?

Suas palavras, tranquilas, mas enérgicas, calaram a todos que, ao final, concordaram com ela.

Paulo ficou mais sereno e acrescentou:

– Tudo o que puder ser feito, mesmo que aqui não estejam, ser-lhes-á comunicado! Sabem que não poderei tomar decisões sozinho. O tempo nos trará soluções.

Assim resolvido, cada um voltou para as suas atividades, deixando a velha mansão, restando ali, novamente, Paulo, Idalina e seus cinco filhos. Sem a presença constante do velho avô entre eles, parecia que todos os espaços da casa estavam agora vazios.

2
A HERANÇA

A VIDA COMEÇOU a tomar seus rumos naquela mansão. A falta do velho ainda era sentida, a sua pessoa muito lembrada, e cada qual tinha sempre um pequeno fato ou mesmo algumas de suas palavras para rememorar.

No entanto, nada há que o tempo não amenize e, aos poucos, a vida retornou aos hábitos anteriores; o que cada um lembrava procurava não mencionar, para que a nova rotina não se quebrasse.

Os filhos desenvolviam suas atividades, os amigos frequentavam a casa e a música alegrava o ambiente. Contudo, esta alegria estaria também no coração de Paulo ou no de Idalina?

Não, não estava! Com a partida do pai, grande problema se formou. Se ele tivesse tomado a iniciativa de fazer a partilha, em vida, tantas preocupações, agora, seriam evitadas. Porém, nunca tocara nesse assunto. Talvez o evitasse, temendo ficar pronto para enfrentar a morte, como se ela própria pudesse, com essa atitude, adiar a sua chegada.

Paulo poderia ter lhe pedido que tomasse essa providência, mas não tinha coragem de lhe falar num assunto que o próprio pai evitava. Tinha a certeza, se a houvesse feito, a mansão e a indústria seriam só suas. A elas tinha direito, pois sempre dedicara sua vida àquele trabalho, fizera a indústria progredir através de técnicas mais avançadas e maquinaria moderna. Os irmãos de nada participaram.

Não sabiam sequer como deveria ser o trato com um único empregado. Que dizer, se precisassem lidar com centenas deles?

Agora eles pensavam na indústria, não para auxiliá-lo a resolver os problemas, a tomar as providências necessárias ao seu bom funcionamento e bom desempenho, tanto dos trabalhadores como da maquinaria. Nunca imaginaram como prover a matéria-prima, nem como efetuar a venda dos produtos ali industrializados. Entretanto, pensavam nos lucros que recebiam mensalmente, e agora queriam mais. Chegara, um deles, à afronta de propor a sua venda.

Paulo consultara advogados especializados em heranças, espólios, inventários, e eles foram unânimes em afirmar: o direito de todos era igual! Se um apenas não concordasse, os bens teriam que ser vendidos e, a importância apurada, dividida igualmente. Afora isso, nenhuma sugestão apresentavam. Não que Paulo as quisesse para lesar algum irmão ou burlar alguma lei, não! Era honesto e nada faria em desacordo com os princípios de correção de caráter, transmitidos pelo pai. No entanto, precisava encontrar um meio de permanecer com a indústria e a mansão.

Tinha conseguido, ao longo dos anos, as próprias economias, mas não eram tantas que pudesse resgatar a parte dos outros e ficar com o que desejava para si. Já fizera contas, levantara o montante do que poderia dispor, porém faltava muito.

O tempo estava passando e os irmãos pressionavam-no. A única mais compreensiva e apaziguadora era uma irmã, Leda, a mesma que conseguira demover os irmãos de providências urgentes, no dia seguinte aos funerais do pai.

Ela reconhecia que Paulo deveria continuar com a indústria, pois era o único com capacidade de geri-la bem. Os outros logo a venderiam pela impossibilidade de continuar à frente de sua administração, e mesmo que não o fizessem, logo a falta de habilidade poria tudo a perder.

Idalina, sensata e boa conselheira, também apresentara as suas ideias. Algumas eram alvo de análises e considerações, enquanto outras eram desprezadas.

Nessa multiplicidade de sugestões, uma surgiu que animou, de certa forma, Paulo, vinda de um dos advogados que cuidavam do caso:

– A indústria seria isolada do montante da herança. Pelo levantamento de todos os outros bens, teriam condições de proceder a uma partilha bem igualitária, cada um fazendo o que desejasse com a propriedade que recebesse.

Nessas condições, Paulo poderia permanecer com a mansão, completando, com suas economias, a diferença de valor das outras propriedades.

– E a indústria? – perguntava Paulo, ansioso.

– A indústria será de todos, como o é agora! Não por direito apenas, mas de fato, através de documentação. Sai o nome de seu pai e fica o de uma sociedade composta por todos os irmãos. É a solução para que tudo continue aparentemente como está, sem ninguém se sentir prejudicado, e ainda cada herdeiro receberia algo mais que as outras propriedades possam lhes proporcionar.

– É uma ótima ideia, se outra melhor não há! Não sei se dará certo administrar com tantos proprietários!

– Antes também era assim!

– Contudo ninguém nunca interferiu em nada, porque eram proprietários em potencial, não como o serão agora. Antes havia papai; agora estarei sozinho aqui!

– Compreendo suas preocupações, mas todos já exercem suas atividades. Não irão interferir no seu trabalho.

– Poderão pensar que eu os lesarei!

– Receberão os relatórios mensais a que cada um terá direito, e verificarão por si próprios! Não vejo outra solução que vá ao encontro de seus desejos.

– Comunicar-me-ei com cada um deles e depois veremos como fazer. De qualquer forma, agradeço o seu interesse.

– Penso que todos aceitarão! Será a conclusão mais imediata, desde que têm pressa.

Paulo conversou com Idalina, explicou-lhe a proposta, não

com a alegria com que gostaria de fazê-lo, mas aceitando-a como a melhor para o momento.

Sempre companheira e amiga, estimulou-o a compreender e aceitar.

– Não vejo, Paulo, desfecho melhor! Sei que a participação de todos, na indústria, não lhe agrada. Melhor seria se ela pudesse ser só sua, mas já viu que é impossível!

– Tenho medo de que, em vez de solução, só me traga problemas! Meus irmãos nada entendem e poderão me atrapalhar muito.

– A administração continuará em suas mãos! Eles apenas terão participação efetiva nos lucros, como proprietários que serão – aduziu Idalina.

– Teremos que estabelecer normas muito bem regulamentadas, para que o comando continue comigo, e eu tenha, também, como administrador e dirigente, uma participação maior. Cada um deles tem sua atividade de onde aufere a própria subsistência e a dos familiares, mas a minha ocupação é só aquela.

– Eles compreenderão e é justo que assim o seja! Não se preocupe com isso! O importante é que um estatuto seja muito bem organizado, de acordo com todos, para que nenhuma reclamação possa surgir após. Sugiro até que encarregue o advogado de redigi-lo, com as normas que você ditar, e, por ocasião da reunião, ele já esteja estabelecido!

– Concordo com você! Até parece, Idalina, que vive no mundo dos negócios. Sempre tem conselhos muito bons para mim!

– Conheço-o bem, querido, e a convivência com você e seu pai, deu-me esse traquejo, como diz! Mas não me considero nenhuma *expert*, apenas uma esposa que o ama e quer vê-lo feliz.

– Agradeço-lhe toda essa dedicação, e sabe, querida, que a sua companhia me fortalece para as lutas lá fora, sempre tão árduas!

Após essa conversa, Paulo sentiu-se mais animado e procurou entrar em contato com todos os irmãos, colocando-os a par dessa proposta. Não queria nenhuma resposta imediata, mas que pensassem bem e se comunicassem com ele.

Enquanto aguardava, pediu uma audiência com o advogado, a fim de estabelecerem as normas para a condução da indústria.

Passados alguns dias, através de telefonemas, algumas, de telegramas, outras, todas as respostas chegaram.

A irmã que mais partilhava da sua convivência, depois de consultar o marido, foi a primeira a manifestar-se. Concordava plenamente. Ela mesma, considerando o plano, achava que nenhum irmão deixaria de aceitá-lo. Teriam lucros na participação da indústria, e ainda algum imóvel com o qual fariam o que desejassem.

À medida que Paulo ia tomando conhecimento da decisão dos irmãos, verificava que todos concordavam com o plano proposto. Alguns fizeram certas considerações, outros aceitaram sem contestação, mas, ao final, teve o assentimento de todos.

– Será, Idalina, que assim encerramos um período de preocupações, ou estamos iniciando outro com problemas maiores?

– Não seja pessimista, Paulo! Confie em si próprio e em toda a capacidade que demonstrou até agora! Se não fosse um bom administrador, a indústria já teria perecido há muito tempo. No entanto, ela só cresce. Esteja tranquilo! Um novo período, sim, irá começar, mas nada mudará em relação a você.

– Não tenha tanta certeza! Enquanto eles apenas auferiam lucros no final de cada mês, ficavam felizes. Papai ainda estava aqui e era o proprietário real! Porém, depois da partilha, todos terão participação e poderão, ou interferir, ou não ficar satisfeitos com o que receberem.

– Eles não farão isso! Terão os demonstrativos mensais e nada poderá ser contestado.

– Espero que sim! Você sabe que eles podem discordar do meu modo de gerir. Eu aplico grande parte dos lucros na modernização da indústria, para fazê-la crescer.

– Tudo dependerá de como ficar estabelecido. Ou confiarão em você, ou nada poderá ser feito! O seu passado de trabalho e progresso é a melhor testemunha a seu favor! Isso não poderão negar!

— Sempre suas palavras confortadoras conseguem convencer-me. Que seria de mim, Idalina, não fosse você?

— Eu o amo, querido! Apesar de tantos anos de casados, o meu amor ainda é o mesmo!

— Não fosse a sua companhia, não sei o que seria de mim nesses momentos!

— Esqueça, Paulo, um pouco dos negócios e lembremo-nos de nossos filhos!

— O que há com eles? Não estão bem? Nada tenho visto de diferente!

— Estão todos bem, querido, mas também preocupados com você! Somos todos muito unidos e eles gostam muito do pai que têm! Têm falado do avô e sentem falta dele.

— Quem não sente falta da sua presença tão terna e amiga?

— Tem razão, mas ele deve estar melhor que nós, liberto de tanta preocupação.

Era a primeira vez que faziam referência ao velho pai, pensando na possibilidade do seu bem-estar *post-mortem*. Falavam sempre da saudade que sentiam, lembravam-se da sua presença entre eles, citando algumas de suas considerações, dos seus conselhos, mas nunca haviam pensado onde e como estaria, como se, terminado o corpo, tudo estivesse acabado...

No entanto Idalina, ao dizer que ele deveria estar bem, lembrara da continuidade da vida, e de que aqui estamos apenas de passagem, cumprindo as nossas tarefas. As dele haviam terminado, e estava de retorno à verdadeira vida, a do espírito. Apenas leves considerações e crença na continuidade e sobrevivência do espírito, nada mais...

Nenhum conhecimento mais amplo possuíam a esse respeito. Nunca foram apegados a práticas religiosas de nenhuma natureza, mas mantinham muito firme a crença em Deus, como o Criador do Universo e de cada um, aqui, em trânsito para a verdadeira vida.

Sabiam que em algum lugar ele deveria estar, melhor, talvez, que estivera na Terra, mas não sabiam onde.

Continuando, pois, a resposta de Idalina, Paulo considerou:

ALMAS A CAMINHO DA REDENÇÃO | 21

– Nunca imaginamos onde ele estará! Se a alma sobrevive, deverá estar vivendo em algum lugar. Terá encontrado mamãe? Ela sempre foi para ele o estímulo e a companhia que qualquer homem deseja para si. Sempre foi mãe extremosa, mas partiu muito cedo, deixando-nos, consternados e perdidos, nos primeiros tempos. Quando ela foi embora, ele sofreu muito. Os filhos já estavam criados, é verdade, mas numa idade em que os conselhos e orientação da mãe são muito importantes. E papai foi tudo isso para nós! Sempre nos manteve unidos, com sua presença constante, para que sentíssemos menos a dor da ausência de mamãe. Assim estivemos, até que cada um foi tomando o seu rumo e eu, por ter permanecido junto dele, recebi muito mais em orientações e exemplos.

– Tenho a certeza disso, Paulo! Convivi com ele e agradeço-lhe por ter feito de você o homem que é, tanto como marido, como pai, e como cumpridor de suas obrigações junto aos negócios.

– Idalina, não quero mais falar de coisas tristes! Mudemos de assunto e voltemos às nossas preocupações atuais, que são tantas...

– É bom trazermos recordações! Ajudam-nos a valorizar o momento que temos nas mãos, para saber aproveitá-lo bem e não deixá-lo escapar sem nenhum objetivo ou finalidade.

– Você falava de nossos filhos?

– Sim, uma preocupação tem envolvido Eduardo. Ele, como mais velho e pronto para também escolher sua profissão, pensava preparar-se para, um dia, substituí-lo na indústria, como você fez com seu pai.

– E qual o problema agora?

– Ele teme não ser mais possível, uma vez que a indústria terá vários proprietários.

– Mas eu continuarei e também serei um deles!

– Talvez ele pensasse em tudo e não apenas numa parte!

– Se todos já concordaram, o comando continuará em minhas mãos e ele poderá ajudar-me! Gostaria muito de tê-lo comigo!

– Você deve conversar com ele e, se persistir esse seu desejo, mesmo ainda estudando, poderá fazer-lhe companhia em suas horas vagas, e ir aprendendo.

– Oportunamente falarei com ele. Não há pressa! Temos muitos pontos a estabelecer e resolver ainda.

Quando os detalhes foram assentados, a reunião com os advogados foi marcada. Todos os irmãos deveriam estar presentes para a assinatura de posse, tanto de um imóvel cuja escolha seria efetuada no momento, como da indústria.

No dia aprazado, todos chegaram. Alguns conseguiram vir com antecedência para desfrutar da companhia dos irmãos, mas outros chegaram quase à última hora.

No momento da reunião, todos estavam presentes – seis irmãos! Quatro homens, com as esposas, e duas mulheres, acompanhadas pelos seus maridos. Os filhos de cada um de nada participavam, apenas da alegria do reencontro com os primos.

Toda a leitura foi efetuada, cada item bem delineado. Primeiro trataram das outras propriedades que, após um exame detalhado de sua localização e valor, foram sendo escolhidas.

Paulo, pretendente à mansão, não teve empecilhos porque estava preparado para cobrir a diferença. Nenhum se opôs, e até consideraram como a melhor solução. Cada vez que viessem em visita, teriam a velha mansão da família para se hospedar, e conviver um pouco no local onde haviam sido tão felizes.

Por ocasião do acerto da indústria, Paulo fez questão, ele mesmo, antes do advogado, de fazer uma exposição detalhada do seu funcionamento e do seu método de trabalho. Tinha preparado um estatuto das normas que passariam a viger daquela data em diante, e foi lido pelo advogado, após.

Com algumas observações, todos concordaram e a assinatura final foi efetivada, passando, assim, a indústria, às mãos de todos, com o comando de um só.

3
SUSTO

TERMINADA A REUNIÃO, tudo mudaria! Não para Paulo, diretamente, que conseguira dos irmãos a anuência para as suas pretensões. Mas, mesmo continuando na direção da indústria, nada seria igual. Os irmãos compartilhariam com ele da propriedade, teriam mensalmente o relatório explicativo e detalhado do seu movimento, bem como a participação nos lucros.

Alguns deles já colocaram à venda imediatamente as propriedades que receberam, pela dificuldade de administração, e desejo de transformar aquele capital em algum outro imóvel onde residiam.

Todos retornaram ao seu lar, restando apenas uma irmã que residia com sua família na mesma cidade de Paulo.

Fechava-se, assim, um período que perdurara por muitos anos com a presença do pai, continuara mais alguns meses após a sua partida, e iniciava-se outro.

Idalina pensava, agora, em algumas remodelações na mansão, não no seu estilo que gostaria de preservar, mas para a sua própria conservação e conforto maior de todos.

A família sentiu-se, a partir de então, cair novamente naquela rotina em que os assuntos discutidos não traziam mais a expectativa nem as conjecturas para as decisões, já todas tomadas. Paulo continuava a desempenhar o seu trabalho, agora mais cioso das suas responsabilidades. No lar, os filhos prosseguiam a vida de jovens alegres, participantes, mas responsáveis pelos estudos que realizavam.

A falta do avô era menos sentida, e a nova rotina se estabeleceu.

Contudo, nem sempre a rotina continua, e algo ocorre trazendo novamente motivos de preocupações e transtornos.

Desde que o velho partira, nada fora mexido em seu quarto. Às vezes, Idalina pensava em desfazer as gavetas, esvaziar os armários e dar todos os seus pertences a algum necessitado que ficaria feliz em receber roupas e objetos tão bons, mas sempre protelava.

Apenas a limpeza era efetuada, e continuava como no tempo em que o seu dono lá estivera, guardando ainda todos os móveis da época em que vivera com a esposa. A cama era a do seu casamento. Móvel forte, pesado, de madeira de lei e muito bonito, apesar de fora de moda. Mas, como o que é bom e bem feito, apenas guarda o estilo de uma época, ele nunca quis mudar nada em seu interior, apesar de só.

Idalina demorava-se a decidir. Comentava essa necessidade com o marido, mas como não era estimulada por ele, o tempo foi passando. Ela pretendia esvaziar os armários, mudar a posição dos móveis para tirar a antiga impressão da permanência dele, e transformá-lo num outro quarto para hóspedes. Mas tudo ficava em planos e nada fora feito.

Após alguns meses, quando a vida anterior voltara, numa noite que já não era fria como aquela em que o velho avô passara mal, um gemido começou a ser ouvido em seu quarto. O mesmo neto que tinha o quarto contíguo ao dele, foi o primeiro a ouvir.

Com a noite de verão, parecia que o som se expandia com mais facilidade, e não só ele ouviu, mas outros também.

Assustado, Eduardo levantou-se, ficou atento e lembrou-se, pela semelhança do som emitido, da noite em que o avô passara mal. Arrepiou-se todo e ficou com receio de abrir a porta.

Jane, uma das irmãs, ouviu logo e, sem pensar em nada, levantou-se, vindo bater à porta do quarto de Eduardo.

ALMAS A CAMINHO DA REDENÇÃO | 25

Ainda em pé, do lado de dentro, mais assustado ele ficou, porém, a voz da irmã pedindo que abrisse a porta, acalmou-o.

– Você está ouvindo o mesmo que eu, Jane?

– O que é isso, Eduardo?

– É um gemido semelhante ao do vovô, naquela madrugada em que caiu doente!

– Estou com medo; o barulho vem do seu quarto!

– Deve ser impressão nossa!

– Se fosse impressão, não a teríamos os dois ao mesmo tempo!

– Vamos chamar papai!

Meio temerosos, deixaram o quarto e foram chamar os pais.

Idalina acordou primeiro e, reconhecendo a voz dos filhos, levantou-se rapidamente, abriu a porta e pediu-lhes que entrassem. Com o rumor, Paulo também acordou, indagando meio sonolento:

– O que está acontecendo? O que estão fazendo aqui, meus filhos?

– Ouvimos um gemido partindo do quarto do vovô, semelhante ao daquela noite em que ele ficou doente!

– Estão sonhando, ambos, e nos vêm acordar por isso?

– Não estamos brincando, papai!

– Vamos ouvir isso de perto! – falou Paulo, levantando-se. – Venham comigo e verão que apenas sonharam.

– Nós dois ao mesmo tempo?

– Vamos, Jane! – falou Eduardo, tomando sua mão.

Paulo ia à frente, seguido da esposa e dos dois filhos. À medida que se aproximavam do quarto, todos ouviram nitidamente aquele som.

– Não é possível!... É idêntico!... Têm razão, filhos! Entremos e tiremos a prova!

– Eu não entro! Entre o senhor! – exclamaram.

Embora receoso, Paulo abriu lentamente a porta e o ruído ainda continuava. Pensou até na possibilidade de encontrar alguém que tivesse arrombado a janela e entrado. Mas, ao acender as luzes, tudo estava em ordem e nos mesmos lugares. As janelas fechadas, a cama feita, e, do momento em que as luzes foram acesas e ele entrou por inteiro, o barulho cessou.

Voltou à porta e fez sinal aos outros que entrassem. Como mais nada estavam ouvindo, obedeceram, sem nada apurar nem compreender.

– Deve ser a saudade que sentimos dele que nos fez ouvir o que não existe! – concluiu Paulo. – Voltem a seus quartos e procurem dormir! Viram que nada há aqui. Não tenham medo!

Eduardo e Jane retornaram, não tranquilos como se deve ir para o repouso, mas tentaram.

Paulo e Idalina também, e, após fecharem a porta do quarto, fizeram algumas suposições a respeito de fato tão estranho.

– O que poderia ser, Paulo? Ouvimos perfeitamente, e não podemos dizer que tenha sido uma ilusão dos sentidos.

– Terá papai retornado e quer nos dar algum aviso?

– Aviso de quê, querido? Agora a partilha já foi feita...

– Quem sabe alguma coisa queria nos dizer ou advertir!

– Não seria com gemidos que o faria! E depois, os que deixam a Terra, não retornam mais! Não acredito que tenha sido nada da parte dele!

– Como explicar, então?

– Não o saberia! A nossa ida a seu quarto serviu para lembrar-me de que há tempos estou pretendendo fazer uma arrumação no que era dele para doar a algum necessitado. Depois, quero transformá-lo num outro quarto para hóspedes.

– Já podia tê-lo feito!

– Tem razão, mas as preocupações com o inventário não me animaram!

– Procuremos dormir esse resto de noite que nos sobra, que o meu dia, amanhã, será estafante! – considerou Paulo.

– Espero que consiga, porque eu, talvez, não durma mais!

– Fiquemos quietos que o sono virá!

Cada um virou para o seu lado, tentando acomodar-se, mas nem Paulo nem Idalina conseguiram sequer adormecer.

Os dois jovens, passado o primeiro susto, e tranquilizados pelos pais, logo dormiram profundamente.

A manhã trouxe muitos assuntos, e, à mesa do café, a conversa foi animada.

Os que não haviam ouvido, quiseram, após, olhar o quarto do avô, e até o fim do dia o assunto já não era a atração nem o motivo das conversas.

Entretanto, quando se recolheram para o repouso, não deixaram de sentir receio. Sós em seus quartos, era muito diferente de quando reunidos, conversando à luz do dia, e tiveram medo, principalmente aqueles que de nada tinham participado.

A noite foi serena, e, na manhã seguinte, comentaram apenas o alívio de nada terem ouvido. Ao cabo de três ou quatro dias, o fato já não tinha mais tanta importância.

Novamente o silêncio era profundo na mansão. Todos dormiam sem cuidados. À certa hora, porém, os gemidos começaram... O sono profundo não permite, se desperte repentinamente a um simples gemido, mas, com a sua continuidade, todos foram acordando. Outra vez Eduardo foi o primeiro, pela proximidade do quarto. Sem muito temor como da primeira vez, levantou-se e foi chamar os pais. Jane já estava se levantando, e, ao sair do quarto, encontrou-o. Enquanto ele chamava os pais, ela despertou os outros irmãos para que também ouvissem.

Em poucos minutos, todos estavam à porta do quarto do avô, à escuta dos gemidos que continuavam, sentindo medo.

Eduardo, querendo aparentar destemor, acalmava os irmãos.

– Vou entrar para examinar o que acontece! Quero acender a luz e ver se o barulho para! – afirmou Paulo decidido.

– Não entre, papai! – pediam-lhe. – É perigoso! O senhor não sabe o que poderá encontrar!

– Não encontrarei nada, queridos, como não encontrei há dias atrás! Apenas esperei um pouco para que ouvissem e comprovassem que nada há!

Cautelosamente abriu a porta, acompanhado mais de perto por

Idalina e procurou o interruptor, tateando. Ao tocá-lo, a claridade se fez, brilhante, intensa, e imediatamente o som terminou.

Os filhos, um após outro, começaram a espiar pela porta e foram entrando.

– Paulo, estou pensando que, se ao entrarmos e acendermos a luz, o barulho cessa, é porque ele está nos chamando em seu quarto! Talvez seja a forma de nos dizer que aqui alguma coisa há que devemos descobrir.

– Não diga sandices, Idalina! De onde foi tirar essa ideia?

– Foi o que me ocorreu! Deve haver algo que ele próprio gostaria de nos ter falado, sem ter tido tempo.

– Não acredito em nada disso! Voltemos ao nosso repouso, que o merecemos! Voltem a seus quartos, filhos! Agora já ouviram e verificaram que nada há. Não deem ouvido ao que a sua mãe diz!

Eles foram se retirando, mas aquela ideia permaneceu firme na mente de Idalina e na de alguns de seus filhos, sobretudo na de Jane e Eduardo.

Quando em seu quarto, Paulo advertiu a esposa:

– Não deveria ter assustado as crianças! Quis mostrar-lhes que nada havia, e você lhes disse que papai deveria estar lá, trazendo--nos algum aviso.

– Apesar de você não concordar comigo, estou firme neste pensamento. Já de há muito pretendia fazer a tal arrumação naquele quarto, pois agora é que a farei mesmo! Examinarei peça por peça de seu vestuário, caixa por caixa, gaveta por gaveta, tudo, tudo... Nada haverá que não passará por minhas mãos! Você verá; alguma coisa encontrarei!

– Não tenha tanta certeza!

– Se nada encontrar, ao menos terei realizado o que já deveria ter feito há muito tempo!

4
INVESTIGAÇÕES

A CONVERSA ENCERROU-SE e eles procuraram dormir. Mas o assunto era por demais surpreendente e inusitado para proporcionar-lhes um repouso tranquilo. Nunca haviam ouvido falar em fato semelhante. Pouco conheciam das religiões. Apenas o que ouviam através de algum comentário de amigos ou de situações alheias às suas pessoas. Mas agora era diferente, e Paulo estava realmente preocupado.

Se Idalina tivesse razão e encontrasse alguma coisa no quarto do pai, o que poderia ser? Sempre o velho parecera usar de lealdade com todos, e nunca dera a perceber que fazia ou escondia nada. E se fosse algum documento referente à partilha? Se assim fosse, ele teria se manifestado antes, e não quando tudo já estava decidido e pronto.

À certa hora, não suportando a carga de tantos pensamentos, chamou a esposa. Logo ela respondeu, pois também não conseguira conciliar o sono.

– O que foi, Paulo? Chamou-me?

– Sim! Imaginei que também estivesse acordada.

– Embora tenha tentado dormir, não consegui até agora, tantos pensamentos me vêm!

– Também tenho pensado muito e começo a admitir que tem razão! Do contrário, o que quereria papai conosco?

– Quando cheguei a essa conclusão, você contestou, dizendo que eu falava sandices!

– Se concordasse diante de nossos filhos, eles teriam medo!

– Compreendo! A princípio achei impossível, mas lá no quarto, deu-me nitidamente a impressão de que era um aviso.

– Se assim for, é só verificar! Confio na sua arrumação e no seu olho investigador.

– Aplicar-me-ei bastante e não terei pressa! Não quero ninguém comigo para não me distrair! Após, arrumaremos tudo em pacotes e daremos o destino que desejo.

– Quando pretende começar?

– Amanhã mesmo, se nada me atrapalhar! Mas não terminarei amanhã! Pessoas de idade acumulam muitos objetos ao longo do tempo. Talvez encontre até coisas de sua mãe, das quais ele nunca quis se desfazer.

– Tenho certeza disso! Bem, aguardemos então! Tenho pensado também na possibilidade de ele lá se encontrar, supondo que ainda esteja vivendo conosco; ao vê-la mexer nos seus pertences, poderá não gostar, e o barulho continuará, até mais intenso ainda!...

– Não me coloque medo, Paulo! Nunca pensei nisso! Não acredito que tal possa ocorrer!

– Esperemos, então! Não adianta fazer mais suposições! Mais alguns dias e teremos desvendado esse mistério. Todavia, se nada for encontrado e o barulho continuar, o mistério continuará, mais grave ainda para nós, que nos veremos sem ação.

– Confiemos que estamos no caminho certo!

À mesa do café os comentários foram feitos, sobretudo por aqueles que haviam ouvido os gemidos pela primeira vez, mas todos os filhos, após, afirmaram terem dormido normalmente.

A juventude, pela pouca vivência, vê as situações por um ângulo distinto do dos adultos, e, por isso não se preocupa.

Quando todos se retiraram – Paulo para a indústria, os filhos para as suas obrigações – Idalina imaginou ser o momento certo de iniciar o trabalho.

Chamou uma das criadas, deu-lhe as orientações para o bom andamento do serviço da casa conforme desejava, e um tanto temerosa, foi ao quarto do velho avô. Entrou, fechou a porta sem trancá-la, e olhou para os armários, para as mesinhas de cabeceira, sem saber por onde começar. A tarefa não era fácil nem agradável, por isso, talvez, a tivesse protelado tanto, mas não poderia esperar mais.

Decidindo-se a iniciar pelas roupas, abriu o armário. Quantos ternos dependurados! Retirou-os um a um, colocando-os sobre a cama, após verificar cada bolso, tanto dos paletós como das calças, mas nada havia. Há quanto tempo o velho não usava mais aqueles ternos! Estavam até fora de moda, a maioria... Desde que deixara de trabalhar, gostava de ficar em casa mais à vontade e apenas utilizava algum, para uma ou outra cerimônia ou convite que o filho insistia em levá-lo.

Idalina verificou todos os ternos, e nada! Chamou a criada e pediu que os levasse ao quarto determinado, ensinou-a a dobrar cada um, deixando-os prontos para empacotar.

Após, olhou as gavetas com as roupas íntimas, onde menos possibilidades existia de encontrar algo. Terminando todas as peças, pediu também que fossem levadas junto dos ternos.

Nada mais havia nas gavetas de roupas, nem dependurado no armário. Tudo vazio!

A parte mais fácil estava concluída. Quando pensava examinar os outros objetos e todas as caixas que se encontravam no chão do armário e nas outras gavetas, foi interrompida por uma das criadas, avisando-a de que a chamavam ao telefone.

Lamentando não poder continuar, fechou a porta e foi atender, esperando retornar logo. No entanto, fora do quarto e livre do telefone, outros impedimentos não lhe deixaram prosseguir.

As outras atividades desenvolvidas por Idalina, no resto do dia, não a impediram de ter seu pensamento constante no quarto.

Considerava que a parte mais simples estava realizada. Se algo importante ele tivesse para lhes mostrar, nunca seria deixado num bolso de vestuário.

Sua atenção estava agora voltada para os outros guardados. Não abrira nem uma caixa sequer! Muitas, tinha a certeza, continham sapatos, mas e as outras? A curiosidade era grande; o trabalho, importante!

Quando os filhos estavam em casa, sempre a solicitavam até para coisas sem importância, mas ela compreendia. É muito bom aos filhos terem a companhia constante da mãe, dispensando-lhes atenção e carinho, mesmo para as insignificâncias.

Idalina soubera educá-los bem. Entendia a expansão própria das crianças e dos jovens, e, sem reprimi-los ou repreendê-los a cada instante, orientava-os sempre quanto às atitudes e comportamentos.

A casa era alegre! Quando retornavam todos, falavam muito, às vezes traziam amigos, e a música alegrava o ambiente. Ela compreendia essa necessidade dos filhos e participava o quanto podia.

As duas jovens, uma quase menina, a caçula, eram as mais apegadas à mãe, pela própria condição de mulheres, mais ternas, mais amigas.

Esse era o panorama diário da mansão. Momentos de muita tranquilidade, quando todos saíam para as suas obrigações, e muita agitação e alegria, quando novamente se reuniam.

Paulo e Idalina orgulhavam-se dos filhos, todos responsáveis e estudiosos, fazendo planos para futuras carreiras e aplicando-se ao que desejavam.

Nesse ambiente, ela viu-se impedida de retornar ao quarto do avô, mas os filhos perguntaram-lhe a respeito do que já realizara, dando margem a alguns comentários.

– Entrei meio receosa, mas, aos poucos, tranquilizei-me. Ao contato com as roupas dele, sua ausência foi mais sentida.

– Não ouviu nada enquanto lá estava, mamãe?

– Nada! Como se o que temos ouvido durante a noite não passasse de sonhos, ou criação da nossa mente!

– Se a senhora quiser continuar, eu a ajudarei agora mesmo! – ofereceu-se Jane.

– Prefiro realizar esse trabalho, só, enquanto estão ausentes.

Tenho um tempo maior e sei que não serei interrompida. Você acha que se lá estivéssemos, seus irmãos nos deixariam em paz?

– Tem razão, mamãe! Entretanto, gostaria de ajudá-la!

– Você tem muito para viver, filha, e muitas tarefas ainda lhe cairão às mãos! Só espero que nenhuma semelhante a essa, tão desagradável!

A manhã do dia imediato, depois de uma noite tranquila, trouxe novas esperanças a Idalina, quanto à atividade que se impusera.

Assim que o marido e os filhos deixaram a mansão, ela retornou ao quarto do avô para dar continuidade ao seu trabalho.

Muitas gavetas havia com caixas e objetos soltos: abotoaduras, cintas, pentes, aparelho para barbear, colônias e outros mais. Juntou todas essas miudezas, colocou-as numa caixa, e chamou a criada para levá-la com as roupas.

Abriu algumas caixas que continham papéis, leu cada um, mas todos sem interesse para o momento atual.

As gavetas estavam já quase todas vazias. Nada surpreendente pôde encontrar. Até vidros de remédios havia, comprimidos...

As caixas do chão do armário, muitas ainda guardavam sapatos. Idalina teve o cuidado de examinar, com um objeto à semelhança de régua, até o interior de cada um deles. Poderia haver alguma coisa escondida em algum pé...

Faltavam ainda duas ou três caixas de sapatos, vazias deles e cheias de papéis. E mais três maiores, sem terem sido examinadas. Mas os filhos começaram a bater à porta, chamando-a. E antes que entrassem e confundissem a ordem do seu trabalho, resolveu deixar o quarto, sem imaginar que tantas horas já houvessem passado.

Ao sair, ela encontrou os olhos indagadores de alguns dos seus filhos.

– Como estão, queridos? – perguntou-lhes.

– Nós estamos bem! – respondeu Jane. – Mas não é de nós que queremos falar! – e, muito curiosa, indagou: – O que a senhora já encontrou no quarto do vovô?

– Nada além de objetos de seu uso, nada!...

– Mas a senhora já terminou?

– Ainda faltam algumas caixas!

– E o que contêm?

– Duas têm papéis, mas não os li ainda! Três outras, maiores, ainda nem abri!

– Então vamos verificar! – exclamou, curioso, Eduardo.

– Não, meus queridos! Essa tarefa é minha e quero ter a tranquilidade necessária para examiná-las bem! Por se tratar de papéis, a verificação tem que ser minuciosa!

Como ainda permanecessem à porta do quarto, Idalina completou:

– Vamos sair daqui, que o almoço já deve estar pronto, e logo mais seu pai estará chegando!

À mesa da refeição Idalina teve de responder a muitas perguntas feitas por todos, cada um com sua curiosidade e levantando uma suposição.

Ela não pretendia mais voltar à investigação naquele dia. Usou a tarde para sair com as filhas, e só pôde continuar na manhã seguinte, quando a tranquilidade da casa lhe permitiu, e foi direto às duas caixas de sapatos, cheias de papéis.

Cuidadosamente ia retirando cada um, lendo e colocando sobre a cama, onde havia se sentado. Nada de importante! Papéis antigos, cartas dos filhos, que leu também, notas de compra de objetos... Nada, nada de interesse imediato! Apenas lembranças retidas por ele...

Recolocou tudo nas caixas e começou a abrir as outras. Novamente papéis e cartas na primeira, na segunda e na outra... Leu tudo, porém, nada pôde ser encontrado! Nenhum aviso, nenhuma advertência, nenhum papel mais sigiloso referente a negócios ou mesmo à sua vida particular, nada!...

Ao terminar, Idalina sentiu-se decepcionada. Sentada na cama, tornou a correr os olhos pelo quarto. Olhos indagadores, perscrutadores, contudo, nada mais havia para ser examinado.

O que ela esperava encontrar? A vida do velho sempre fora limpa, correta. Quanto aos negócios, Paulo tinha o controle de tudo. Nunca ele poderia ter algo escondido. Sempre conversava às claras com o filho, e, sobretudo à mesa das refeições, à frente de todos.

Há quanto tempo já não se importava com nenhuma decisão ou atitude de Paulo, em relação à indústria, pensava ela. Quanto à mansão, era sua. Sentia-se muito bem na casa que lhe pertencia, e convivia bem com os novos habitantes – Idalina que chegara, e os netos que nela nasceram. Como puderam pensar em algo escondido, em algum aviso?

No entanto, se nada foi encontrado, por que os gemidos, e tão semelhantes aos que ele próprio exprimiu, na noite em que adoeceu?

Quando Idalina deu a todos o resultado da sua investigação, a surpresa foi geral, e essa mesma indagação que estava em sua mente, foi feita pelos filhos.

– E os gemidos? Se não significavam nenhum aviso, o que seriam? – perguntou Dulce, surpresa.

– Se nada havia no quarto, e era de lá que partiam os gemidos, como esperar que parem agora? – indagou Sílvio, meio assustado.

– Não tenham receio de nada! Com a nova arrumação, o quarto ficará diferente! – tranquilizou-os Idalina. – Amanhã mesmo ele estará mudado! Providenciarei para que efetuem uma limpeza muito bem feita, mudaremos os móveis de lugar, principalmente a cama, e o quarto parecerá outro.

– O que fará, mamãe, com o que era do vovô?

– Quero empacotar e dar tudo! Não sei bem ainda, mas estou pensando em pedir ao motorista para entregar num asilo. Lá terá utilidade a tantos que têm tão pouco!

– Excelente ideia, mamãe! – exclamou Dulce! – Quando ele for, a senhora me permitirá ir também?

– O que fará você num asilo, filha? – perguntou-lhe o pai.

– Gostaria de vê-lo, entrar e visitar os velhinhos, e não só entregar à porta.

– Se assim for, também quero ir! – exclamou Jane.

– Melhor ainda, iremos as duas! – tornou Dulce, e, dirigindo-se à mãe, perguntou-lhe, convidando-a: — Por que não nos acompanha também, mamãe?

– Não havia pensado nisso! Organizarei os pacotes e depois resolveremos. Não há tanta pressa assim, agora.

Após o almoço, Paulo, pretendendo mudar de camisa, foi até o quarto acompanhado por Idalina, e lá, a sós com a esposa, pôde manifestar-se:

– O que faremos agora se tudo continuar?

– Não acredito que continue! Seu pai não estaria lá. Não pode estar! Nada senti, mexendo em seus objetos, tirando-os do lugar e até mandando colocá-los fora do quarto.

– Os gemidos têm sido ouvidos só à noite! Se continuarem, nada mais há a fazer!

– Não se preocupe! Talvez agora cessem de vez!

– Gostaria de ter essa certeza! O que diremos às crianças, se continuarem? Estavam amedrontadas, mas a possibilidade de algo ser encontrado, tranquilizava-as.

– Aguardemos! Se continuarem, alguma providência haverá a ser tomada. Nada há que não tenha uma solução!

5
PROVIDÊNCIAS

IDALINA SENTIA-SE DESINCUMBIDA da tarefa a que se impusera. Modificada a posição dos móveis, substituída a cortina, o quarto estava pronto para receber hóspedes. Mesmo assim, ao abrir a porta, a lembrança do velho vinha-lhes por inteiro. Parecia que tudo ficara impregnado da sua presença. É o que acontece quando ocupamos um local ou usamos um objeto por muito tempo; as nossas marcas permanecem, mesmo que ali não mais estejamos.

Dois dias após a retirada da última caixa, todos os pacotes estavam prontos, mas ainda permaneciam em casa.

Idalina voltava à sua rotina, dando ordens aos criados, verificando serviços e participando ativamente da vida em família. Dispensava muita atenção aos filhos e, se percebesse que em nada os atrapalharia, pelos seus afazeres, procurava estar com eles. As filhas a solicitavam muito. Desde que o quarto ficara pronto, há alguns dias, nada mais fora ouvido, e esperavam que assim continuasse.

No entanto, nem sempre o que se deseja acontece, e, mesmo sem se conseguir uma explicação, após os primeiros dias, os gemidos voltaram.

Os jovens levantaram-se e foram procurar os pais, que os receberam em seu quarto, tranquilizando-os, sem de lá saírem. De que lhes adiantaria verificar?

Paulo pediu aos filhos que procurassem dormir, sem dar atenção ao que ouviam, mas era impossível não sentirem medo daquela impressão tão forte da presença do avô.

Sem nada poder fazer, Idalina acompanhou-os de volta, ouvindo, vez por outra, o mesmo som.

Assim aconteceu não só naquela noite, mas em muitas outras. Um mês havia passado da primeira vez que esse fato ocorrera e tudo estava como antes. As filhas andavam tão assustadas que temiam a hora de dormir. Todos se deitavam, aguardando o momento chegar e, sentindo-se cada vez mais apavorados, pediam ao pai alguma solução. Aventou-se até a possibilidade de mandarem rezar uma missa em favor do velho, pois ele deveria estar necessitando de orações.

– Não aguentamos mais permanecer nesta casa dessa forma! Se isso continuar, deveremos começar a pensar em nos mudarmos daqui. Não é possível ficarmos num lugar onde não podemos repousar à noite! Vivemos assustados, temerosos! Alguma coisa deve ser feita! – reclamou um dos filhos, em acordo com todos.

– Quem somos nós para lidar com tal situação? Se me pedirem qualquer providência em relação a negócios, terei capacidade de tomá-la satisfatoriamente, mas, com o que não vejo, não sei tratar! – respondeu-lhes o pai.

– Não lhe pedimos que faça nada o senhor mesmo, mas pode pedir a quem lide com isso! Converse com algum padre, mande rezar missa, fale com alguém de outras crenças religiosas, mas não nos deixe nessa situação! – falava, impaciente, Eduardo.

– Estamos sendo prejudicados até nos estudos! À noite pouco dormimos; estamos nervosos! Como ter serenidade para desenvolver as nossas tarefas? – completava Jane.

– Vou tentar verificar se há alguém que possa nos ajudar! – disse Paulo, compreendendo a gravidade do problema para os filhos.

– Posso informar-me com alguma amiga – manifestou-se Idalina – apesar de que não gosto de comentar com pessoas de fora o que ocorre aqui! Não me referi a esse fato com ninguém!

– Eu também não comentei! – exclamou Paulo.

– Nem mesmo com tia Leda, papai? – perguntou Jane.

– Há tempos não a vemos, mas nem eu nem sua mãe falamos com alguém sobre isso! Tínhamos sempre a esperança de que parasse, mas vejo que alguma medida precisamos tomar!

– Se Paulo me permitir, irei à casa de Leda, hoje, e contarei tudo. Quem sabe, juntas, possamos encontrar uma solução! Ela é sensata e pode nos ajudar.

A vida tranquila que sempre desfrutaram na mansão, com todos os familiares, ficou abalada desde a partida do velho avô.

Ele fora compreensivo, conciliador, amoroso e terno, e tudo fazia para nunca incomodar ninguém. Adorava os netos, os únicos com os quais tinha convivência. Por que assustá-los daquela forma?

Paulo e Idalina sentiam-se impotentes para resolver situação tão aflitiva e estranha. Como lidar com o que não viam nem conheciam? Era-lhes difícil imaginar que o terno avô ali estivesse perturbando-os.

Idalina decidiu procurar Leda, em busca de um caminho. Se o avô ainda estivesse em seu quarto, era porque estava sofrendo. E se pudessem contribuir para eliminar o seu sofrimento, o fariam com muita alegria, contribuindo, também, para que o repouso noturno do lar fosse mais calmo.

Naquela mesma tarde foi à casa da cunhada. As filhas queriam acompanhá-la, mas Idalina preferia estar só para manter uma conversa franca e aberta, sem assustá-las mais.

Há tempos não se viam, conquanto se falassem pelo telefone. Compreendendo que nem sempre podiam sair para visitas, a própria Leda colocou a cunhada à vontade, dizendo:

– Após tanto termos falado sobre o inventário de papai, parece que todos os assuntos se esgotaram. Sabendo que estávamos bem, era o suficiente!

– É, tem razão! Mas nem tudo está tão bem assim, Leda!

– O que houve? Algum problema decorrente da partilha?

– Não, nada! O que ficou determinado, foi executado; e Paulo continua o seu trabalho, conforme o estabelecido!

– Então é com as crianças? O que aconteceu?

– Nada também com as crianças, mas estamos passando por uma situação muito estranha em nossa casa, que envolve a todos nós.

– De que se trata?

– Vim para falar de seu pai, Leda, do velho avô, como o chamávamos!

– Mas papai já morreu! O que aconteceu?

Em poucas palavras, ela expôs o que ocorria na mansão, desde dias após a partilha ter sido concretizada. Falou no que haviam pensado, na arrumação que fizera no quarto, no exame de tudo. Nada ficou de que Leda não tivesse tomado conhecimento.

– Pois é isso, Leda! Agora nossos filhos, não só eles, mas nós também, estamos nervosos! Eles estão nos pressionando para tomarmos uma providência, e já falaram até em deixarem a mansão, tão desassossegados se encontram.

– O que pretendem fazer?

– Não sabemos o que poderá ser feito! Por isso, vim aqui hoje! Você sempre tem considerações sensatas. Quem sabe pode aconselhar-me!

– Estará a alma de papai, ainda lá e sofrendo?

– Não sabemos! Você já ouviu algum caso semelhante, alguma solução que possamos encontrar, alguém a procurar? Pensamos até em mandar rezar uma missa!

– Vocês não acreditam em religião nenhuma!...

– Mas acreditamos em Deus! Apenas não praticamos nenhuma religião, mas respeitamos aqueles que têm suas preferências; respeitamos Deus como o nosso Criador, e também acreditamos na sobrevivência da alma após a morte!

– Já é muito bom que nisso acreditem, pois assim poderei falar claramente!

– Sabe de alguma coisa? Tem alguma solução para nós? – perguntava Idalina, ansiosa.

– Calma, vamos ponderar! Se papai lá continua em espírito, é porque ainda não sabe que morreu.

– Como não sabe que morreu?

– Isso acontece muito frequentemente! As pessoas deixam o corpo e permanecem na casa onde sempre viveram, guardando na mente a lembrança dos últimos instantes em que tiveram consciência! Papai pode estar lá com a mente fixa no seu último momento, quando, certamente, se sentiu mal e, querendo levantar--se em busca de algum medicamento ou para chamar alguém, caiu ao chão!

– Por que apenas ouvimos os seus gemidos, mas não o vemos?

– Nem todos têm condições de ver os espíritos! Umas poucas pessoas podem vê-los, porque têm uma acuidade visual apurada de seu espírito e os veem como a nós mesmos!

– Como sabe de tudo isso, Leda?

– Sempre gostei desses assuntos e tenho lido a respeito!

– E o que os seus livros nos aconselhariam a fazer?

– A que procurem um centro espírita, exponham o problema ao dirigente, e ele lhes dará a orientação segura.

– Onde há centros espíritas?

– Há muitos pela cidade! Até parece que não moram aqui?

– Você frequenta algum?

– Não! Nunca tive a oportunidade de ir a nenhum! Apenas leio e creio, sem contudo frequentá-los!

– Só os livros lhe dão todo esse conhecimento?

– São livros que tratam desses assuntos! Mas até resolverem procurar algum centro, aconselho-os a que orem bastante para o espírito de papai, que ele captará as suas preces, e talvez seja ajudado.

– E se nossas orações não derem resultado?

– Aí devem fazer o que lhe falei!

– Se Paulo concordar, você nos acompanhará?

– Podem contar comigo! Vou informar-me a respeito de um bom centro, e assim tomarei contato com o que apenas conheço pelas leituras.

Quando levou ao conhecimento dos familiares as orientações de

Leda, os filhos, os mais assustados, foram unânimes em pedir-lhe que providenciasse o que ela aconselhava o mais rápido possível. Não aguentavam mais!

Orariam, não lhes custaria nada, mas não acreditavam que orações tivessem poder tão forte para mudar aquela situação.

Em concordância com Paulo, ficou decidido que Idalina voltaria a falar com Leda, e iriam aonde ela aconselhara.

– Se num centro espírita tivermos a solução que tanto desejamos, iremos ao centro espírita! Não somos dessa religião, nem de nenhuma – afirmava Paulo – mas faremos o que for preciso! Até numa sinagoga tentarei entrar, se lá encontrar o de que precisamos.

Leda pediu uns dois dias para procurar o lugar mais adequado. Colheria informações e pretendia ir antecipadamente conversar com a pessoa encarregada; exporia o problema, e, conforme o que lhe dissesse, voltaria com o irmão e a cunhada.

Nessa busca, um centro espírita considerado bom foi indicado. Nunca mencionou de quem se tratava, e muito menos que a questão partia de seu pai.

A senhora com quem conversou, dona Carminda, muito bondosa e compreensiva, disse-lhe que tal problema não lhe era estranho. Esclareceu que, às vezes, pessoas, deixando o corpo sem o conhecimento da sua verdadeira situação de espíritos libertos, permaneciam na casa onde viveram, mas não tinham nenhuma intenção de levar prejuízo nem assustar ninguém. Eram inconscientes do que praticavam e deveriam ser ajudados. Para isso, pedia que os interessados fossem até ela, que a ajuda seria proporcionada dentro do que Deus lhes permitisse.

Conforme orientação, Leda, Idalina e Paulo procuraram a referida senhora que os encaminhou a um salão, onde palestra evangélica se desenrolaria. Deveriam ficar atentos ao que ouviriam, procurando mentalizar, com muito amor, a pessoa que supunham ainda na casa permanecia.

Ao término da explanação, todos foram encaminhados ao passe

ALMAS A CAMINHO DA REDENÇÃO | 43

habitual que se transmite em tais casas, com a recomendação de que novamente o mentalizasse de forma muito intensa, que, se lá realmente estivesse, poderia ser trazido para ser ajudado.

Naquele momento, os três aplicaram sua força mental o mais intensamente que conseguiram, como querendo trazê-lo para dali ser encaminhado.

Ao saírem da casa espírita, levavam alguma esperança, mas não compreenderam bem a explanação ouvida. Leda gostou muito e entendeu-a, porém, nada comentou.

Se o problema não fosse sanado de pronto, deveriam voltar outras vezes.

Naquela noite, na mansão, nada foi ouvido. Pela manhã levantaram contentes, mas ainda tensos pela espera do que poderiam ouvir. As luzes do dia trouxeram-lhe novas esperanças, dando-lhes a certeza de que o problema já havia tido solução.

Mais duas noites decorreram tranquilas, todavia, na terceira após a ida ao centro, tudo voltava a ser igual – da mesma forma, com a mesma intensidade, como se nada tivesse mudado.

Idalina, logo pela manhã, comunicou-se com Leda narrando o ocorrido.

– Devemos voltar ao centro! – respondeu-lhe Leda. – Uma única vez talvez não seja suficiente! Foi-nos aconselhado a que voltássemos.

– Preferiria não ter que voltar mais, porém, se for necessário, iremos!

– Entrarei em contato com dona Carminda e depois me comunicarei com você.

Novamente retornaram, as providências tomadas foram as mesmas, mas também de nada adiantou.

Ao cabo de alguns dias, Idalina quis conversar diretamente com aquela senhora, pedindo a Leda que a acompanhasse. Gostaria de falar em outro horário para dispor de mais tempo e ficar mais à vontade. O problema estava se agravando e ela pretendia novas soluções.

O lar de Idalina e Paulo estava transformado.

O nervosismo decorrente do que ouviam durante a noite estava afetando o relacionamento familiar. Um já não tinha mais paciência com o outro. A cada palavra mal interpretada, uma agressão era devolvida.

Até Paulo, que via no horário das refeições o momento sublime de paz, de reunião mais íntima entre todos os familiares, às vezes dava uma desculpa e não vinha almoçar em casa, alegando compromissos inadiáveis.

Presente a toda aquela situação, e impotente para solucioná-la, Idalina encontrou-se com dona Carminda, num horário conseguido por Leda.

Ela, que entre os familiares procurava manter-se equilibrada para não ver a paz do lar abalada, diante daquela senhora de semblante bondoso, chorou muito. Não suportava mais o ambiente doméstico, alterado e afetado por problemas tão sérios que decorreram de um único fato – os gemidos que há tempos eram ouvidos quase todas as noites, sem que nada pudessem fazer para eliminá-los.

A senhora, penalizada, acompanhou toda a narrativa. O que podiam fazer no centro, já haviam feito e nada resolveu.

Outras medidas deveriam ser tomadas. A certa altura da conversa, dona Carminda interpelou Idalina, perguntando-lhe:

– A senhora permitiria que uma equipe, aqui deste centro, fosse à sua casa examinar o local? Temos médiuns videntes, que, se Deus permitir, poderão ver o que ocorre!

– Não só permito, mas até agradeço! Porém, o quarto de onde partem os gemidos foi totalmente modificado, e todas as roupas e objetos pertencentes a meu sogro, retirados!

– Mas o barulho não cessou!...

– Isto é verdade!

– Se alguma coisa lá houver de ordem espiritual – e temos a certeza de que há – não existe arrumação que faça retirá-la!

– O que farão?

– Analisaremos a situação em seu próprio ambiente, e, se

ALMAS A CAMINHO DA REDENÇÃO | 45

necessidade houver, promoveremos, lá mesmo, a recepção do espírito que ocasiona tal perturbação!

– Quando poderão ir?

– Tenho que entrar em contato com meus companheiros, e depois me comunicarei com a senhora. De preferência à noite, pois a maioria trabalha em suas vidas pessoais durante o dia.

– Prefiro também porque meu marido estará em casa!

– Poderemos ir após as nossas obrigações aqui, se não for muito tarde para a senhora!

– Em casa, à noite, não há mais horário tardio porque não conseguimos dormir! Só temos sofrido e perdido a calma. Serão bem-vindos à hora que puderem! Estaremos aguardando!

– Assim fica melhor! Comunicar-me-ei com a senhora, mas sei que quer pedir que fôssemos o mais rápido possível, não é mesmo?

– Tem razão! Já estamos nessa situação há cerca de uns três meses! Meu sogro nos deixou há um ano, e, se lá ainda estiver, como diz Leda, está sofrendo muito também. Antes de me retirar, quero agradecer a sua atenção, a disposição em nos ajudar, e gostaria de saber como faremos com nossos filhos, quando da sua visita.

– Se puderem permanecer em casa e participar das nossas orações, em preparação ao que vamos promover, será muito bom. Os amigos espirituais, mentores dos nossos trabalhos, os ajudarão e eles se sentirão melhores.

– Estão precisando muito, como nós também, com a diferença de que extravasam esse nervosismo um contra o outro. Meu marido e eu precisamos nos conter e procurar não demonstrar nossas aflições, para não piorar mais.

– Fazem muito bem! Aconselho-os a que orem e peçam a Deus que os ajude e a nós também, a solucionar esse problema tão sério para a senhora e sua família.

– Estou saindo daqui mais esperançosa e confiante. Se algo lá houver – e deve haver – agora poderá ser retirado.

– Confiemos, pois, e aguardemos! Logo, em um ou dois dias, terão notícias minhas! Possivelmente depois de amanhã à noite, iremos. É o dia em que nos reunimos aqui em trabalho mediúnico, e após, os que puderem, me acompanharão.

– Se for necessário mandarei buscá-los!

– Penso que não há necessidade, mas se houver, quando telefonar para marcar, eu lhe direi!

Leda, que apenas ouvira sem nenhuma interferência, quando o assunto entre ambas terminou, fez um pedido:

– A senhora me permite também comparecer? O motivo suposto de todo o problema é o espírito de meu pai, e se alguma comunicação houver através de um médium, gostaria de estar presente.

– Sua presença nos será benéfica, uma vez que já tem algum conhecimento! Todavia, procure preparar-se em preces, como recomendei, para auxiliar efetivamente!

6
PÂNICO

EM CASA, IDALINA aguardou a chegada do marido, expôs-lhe a solução proposta por dona Carminda, e pediu-lhe ajuda para falar aos filhos, com os quais nada havia comentado a respeito.

Não era mais tão fácil conversar com eles, ainda sobre esse assunto tão discutido, amedrontador e sem solução...

À hora do jantar, porém, em vez de Idalina, Paulo contou-lhes o que aconteceria na casa, provavelmente daí a dois dias, pedindo a colaboração e presença de todos, para também receberem auxílio.

Sem muita contestação nem assentimento, aceitaram, embora descrentes de qualquer solução. Mesmo assim, passaram a aguardar a hora do atendimento, no qual colocaram todas as suas esperanças, como último recurso, mas a dúvida persistia. O que havia lá deveria ser muito forte para resistir a tantas orações, a tantos pedidos a Deus para ajudá-los, sem nada ter sido resolvido.

Aquela noite seria mais uma na sequência de tantas, ao longo de alguns meses vivendo naquele terror, mas ao menos tinham no pensamento que poderia ser uma das últimas.

Aguardando os gemidos costumeiros, colocaram as cabeças no travesseiro, para o repouso, mas o que puderam ouvir foi aterrador.

Do quarto do velho partia, de início, um gemido como o de sempre, porém, após, muitos outros faziam coro imitando-o, como um eco interminável numa caverna.

A cada gemido, esse eco pavoroso, fortíssimo e tétrico começou a ser ouvido, como se ali dentro houvesse uma legião de espíritos. Um verdadeiro palco onde se desenrolavam suas apresentações...

Um a um, em pânico, foi levantando, e tão terrificados estavam que não tinham coragem de abrir a porta de seus quartos.

Felizmente, Idalina e Paulo, visivelmente transtornados também, foram ao encontro dos filhos em seus próprios quartos, fazendo-os sair.

– O que é isso, mamãe? – perguntava Dulce, agarrada a Idalina.

– Não compreendo, papai, porque aumentou tanto desse jeito! Estou com muito medo! Se antes estávamos amedrontados, agora, então, o que faremos? – exclamava Eduardo.

– Devemos deixar a mansão imediatamente! – falava nervosamente Jane.

– Concordo com Jane, papai! Não quero mais ficar aqui! – dizia Sílvio.

– Tenham calma! Nada nos aconteceu desde o primeiro barulho ouvido e nada nos acontecerá agora! Logo teremos a solução que esperamos. Aguardemos!

– Como não nos aconteceu nada? A nossa vida está transtornada! Quando estamos fora, não temos vontade de voltar para casa! – interveio João, o outro filho.

– O senhor mesmo sente isso, papai, já notamos! – completou Jane.

– Tenham calma, confiemos na nova providência a ser tomada! Se não der certo, pensaremos no que desejam.

Idalina aconchegava Dulce e nada dizia. Deixava Paulo entender-se com os filhos, pois era a ele que se dirigiam; porém, após um tempo, ela mesma, pensando, disse-lhes:

– Já é tarde e esta noite ficaremos aqui, temos que ficar! Entretanto, amanhã, pedirei a tia Leda que os receba para dormirem em sua casa, até que esse problema se resolva.

– Por que não se lembrou disso antes, mamãe? – perguntou-lhe

Jane. – Se ela consentir, não voltarei até que tudo isso termine, ou que papai providencie uma nova casa para nós.

– Se realmente for o vovô, – acrescentou Eduardo – ele não está interessado na casa, mas quer a nossa companhia. Mesmo que mudemos, nos acompanhará!

– Não fale assim, Eduardo, não ponha mais medo em seus irmãos! – repreendeu-o a mãe.

Depois desta reunião, o barulho aplacou um pouco, e eles foram retornando a seus quartos, não obstante sabendo que não mais dormiriam. A mãe acompanhou-os, cobriu-os e beijou-os. Apagando a luz em seguida, desejou-lhes bom descanso, pedindo que se esforçassem para não terem preocupações.

A noite terminou, mas tão aterradora havia sido, que o assunto, à mesa do café, não poderia ter sido outro.

Antes de saírem para suas obrigações, lembraram a mãe de conversar com tia Leda, pois que, naquela casa, não dormiriam mais, até que uma solução definitiva pudesse ser tomada.

Quando Idalina supôs, Leda pudesse atendê-la, telefonou--lhe contando o ocorrido, pedindo que recebesse seus filhos para dormirem em sua casa, pelo menos até que tivessem a visita dos médiuns do centro.

– Estou estupefata com o que está me contando! – exclamou ela. – Não acredito que seja papai! Por que se manifestaria dessa maneira? Aí tem coisa diferente!...

– O quê, Leda? Não me assuste mais!

– Quem conviveu com papai, como nós, nunca acreditaria que ele estivesse aí para assustá-los! Ele os amava, jamais os prejudicaria.

– O que quer dizer com isso?

– Não sei, não tenho tanto conhecimento assim, mas papai não faria isso! Talvez haja aí alguma coisa para assustá-los, e se fizeram passar por ele, pela semelhança dos gemidos. Nunca ninguém morreu nessa casa, não é verdade?

– Que eu saiba, apenas sua mãe e há muitos anos!

– Pois é isso mesmo! Se nunca ninguém ouviu nada, por que teriam de ouvir agora? Por que se manifestaria dessa forma, como me afirmou, parecendo uma legião, tão intenso era o coro que faziam? Quiseram imitar papai, de início, porque era um ruído conhecido de vocês, já emitido por alguém que havia morrido!

– O que será, então, Leda?

– Não sei, mas é preciso pensar muito! Se dona Carminda souber, poderá apressar a visita! Se me autorizar, eu mesma a procurarei!

– Pode fazê-lo, sim! E quanto às crianças?

– Dormirão aqui. Não se preocupe com isso!

– À noite, o motorista os levará! Sem a sua ajuda, Leda, nossos problemas seriam maiores ainda!

Logo após o jantar, o motorista os conduziu, cada um com o material necessário ao dia seguinte. De lá mesmo iriam para suas obrigações escolares, só retornando à casa dos pais para o almoço.

Leda comunicou-se com dona Carminda, expondo o sucedido, e ela, sensata e cuidadosa, nada quis adiantar sem uma verificação.

Na mansão ficou apenas o casal. Desolados por precisarem ter chegado a ponto de mandar os filhos dormirem fora de casa, sentiam-se impotentes para resolver situação tão difícil.

Imaginando que com a ausência das crianças, que tanto se assustavam, não houvesse nada durante a noite, após muito tempo, quando ambos conseguiram conciliar o sono, novamente o barulho começou como na noite anterior – forte, intenso e em coro! Tudo igual!...

O que fazer? Apenas esperar a visita das pessoas do centro espírita e nada mais! Era o único leme que tinham em mãos para levá-los a lugar seguro e tranquilo. Se falhasse aí, sim, estariam perdidos para sempre e teriam que abandonar o barco. Mas tinham esperanças.

Mais uma noite transcorreu da mesma forma, e, na seguinte, receberiam a visita tão aguardada, pela confirmação recebida. Os filhos deveriam comparecer para as orações e receberem o auxílio. Leda também participaria.

A ansiedade era grande!

Pouco antes do horário combinado, o pequeno grupo chegou.

Paulo e Idalina foram recebê-los, enquanto os outros permaneceram no interior da casa. Dona Carminda trouxe consigo três pessoas, dois homens e uma senhora, todos médiuns com algumas possibilidades mais aguçadas, que poderiam, se permitido fosse, captar exatamente o que ocorria.

– Onde é o local? – perguntou ela.

– Nós os levaremos até lá! Acompanhem-nos!

Ao entrarem no quarto, Idalina ia começar a explicar como era a disposição dos móveis quando o avô ainda lá estava, mas nem pôde continuar. Foi interrompida por um dos médiuns, que perguntou à senhora que dirigia o grupo:

– Posso falar o que vejo?

– Ainda não! – respondeu-lhe. – Não é o momento! Quis vir aqui justamente para isso, porém, nada deve dizer por enquanto! Depois voltaremos! – e, dirigindo-se a Idalina, perguntou-lhe: – Onde ficaremos para a leitura do Evangelho e nossas preces, para que seus filhos também participem?

– Nessa sala próxima, se lhes for conveniente!

– Pois então chame-os! Dona Leda não veio?

– Já está aqui e ficou com eles!

Todos foram se acomodando na sala, enquanto Idalina foi buscar os filhos e a cunhada.

A senhora pediu a Idalina que abrisse o Evangelho para leitura, que foi realizada por um de seus filhos. Dulce apresentou-se, quando foram solicitados.

Terminada a leitura, todos receberam passes e, após as preces realizadas, foi pedido que os filhos do casal permanecessem em outro local, que eles voltariam ao quarto de onde partiam os gemidos.

7
AUXÍLIO

IDALINA ACOMPANHOU OS filhos ao interior da casa, recomendando que estivessem serenos e confiantes, e que orassem a Deus pedindo ajuda para que solução definitiva dali resultasse.

Voltando à sala, convidou-os a retornarem ao quarto do velho. Dona Carminda solicitou fossem levadas cadeiras suficientes a todos, para ficarem mais à vontade, com um desempenho melhor.

Paulo providenciou-as com a ajuda dos senhores que ali estavam, e todos se acomodaram bem, restando apenas a dirigente que preferiu, de início, manter-se em pé.

Recomendou aos donos da casa que se mantivessem calmos, com o pensamento ligado a Deus, para o sucesso do que desejavam. Novamente foram proferidas preces mais particularizadas aos seus problemas, a fim de que um auxílio maior fosse prestado.

Rogou, em nome de Deus, que, se o velho avô ali ainda estivesse, em sofrimento, que envolvesse algum médium a fim de transmitir, em palavras, as suas necessidades. Que não tivesse receio, pois Deus o ajudaria através dos amigos espirituais já presentes.

Não descartou a possibilidade de que outras entidades ali também estivessem, que não o velho, e, se assim fosse, que se manifestassem, dizendo da finalidade de sua estada na casa, para também serem levadas a uma nova vida.

Terminadas todas essas rogativas, um dos médiuns, o mesmo

que perguntara, de início, se poderia contar o que estava vendo, novamente manifestou esse mesmo desejo:

— Antes que as comunicações se façam, posso dizer o que vejo?

— Sim, agora o pode! É o momento certo!

— Pois bem, tenho a visão muito nítida, permitida por Deus, do que há! Pelo que averiguei na primeira vez em que aqui entramos, o quarto está cheio de entidades infelizes, mas não aquelas ignorantes da sua situação. Estão realizando um trabalho, que prefiro omitir, deixando que elas mesmas falem por si: – o que fazem, por que fazem e como o fazem...

— Não vê o velho, como lhe foi descrito?

— Não, não vejo nenhuma entidade com tal aparência, a menos que tenha fugido à minha captação! Mas não acredito que aqui esteja, dado ao tipo de espíritos que povoam este ambiente, e a finalidade do trabalho que realizam.

— Peçamos novamente a Deus que nos ajude, e que os amigos espirituais que sempre nos acompanham e nos assistem nesses momentos, possam colocar à comunicação aqueles que acharem necessário, para esclarecerem as suas finalidades.

Logo em seguida, um deles envolveu um dos médiuns, uma senhora que os acompanhava, e começou a falar:

— O que os intrusos vieram fazer? Por que não permaneceram em suas casas?

— Estamos aqui para ajudá-lo, irmão! – respondeu dona Carminda.

— Quem está precisando de ajuda são vocês! Nós estamos bem, e desejamos que se retirem, deixando-nos em paz!

— Vocês terão paz, não a que desejam, mas a que Deus proporciona! Antes de serem levados, diga-me, qual a finalidade de sua permanência nesta casa? O que realizam e por quê?

— Não me cabe lhe dar satisfações de nossos atos, e por mim nada direi! Somos fiéis aos nossos compromissos e nada revelaremos.

— Ah, então vieram por compromissos assumidos!? Com quem se comprometeram?

— Quem diz é a senhora! Eu nada disse e nada mais direi!

ALMAS A CAMINHO DA REDENÇÃO | 55

Sem um único esclarecimento, alguns deles passaram pela comunicação e se retiraram. Após, eis que o médium que transmitira algumas informações, ficou envolvido por um espírito muito enfurecido, negando-se, de início, a falar, dizendo apenas impropriedades para um ambiente doméstico e salutar. Mas, aos poucos, foi sendo vencido pelo auxílio proporcionado pelos benfeitores espirituais, apoiados nas preces dos encarnados presentes, e mais tranquilo, sem, contudo, ter mudado em nada seus propósitos, pôde falar.

– Agora poderemos conversar, meu irmão! – disse-lhe a dirigente. – Você aqui está em algum trabalho destrutivo, como foi percebido através do que disseram seus companheiros. Nenhum quis nos revelar nada, com medo de represálias de seu chefe, que certamente é você! Não contavam que um cabeça tão importante, também pudesse ser capturado, e temiam. Entretanto, agora nada mais há a temer, porque não continuarão o trabalho sem chefe.

– Sou o chefe, sim, e me orgulho disso! Tenho capacidade de realizar qualquer trabalho com eficiência, como vimos fazendo nesta casa...

– No entanto, nem a sua inteligência e capacidade, nem a sua autoridade foram suficientes para se furtar de estar conversando, submisso, através do médium!

Um silêncio se fez, como se o próprio orgulho o impedisse de falar, e a senhora continuou:

– Não adianta mais querer fugir nem se esquivar de esclarecer--se! Pode começar a falar, que é para isso que aqui estamos.

Aquela entidade não contava estar ali, submissa, rendida, sem qualquer ação e sendo obrigada a falar. Por isso, tudo fazia para irritá-los, mas a paciência e a perseverança são virtudes daqueles que trabalham para auxiliar, muito mais ainda dos que já conseguiram certa elevação e ajudam do plano espiritual.

Ele não teria outra alternativa. As palavras da senhora, conjugadas com o auxílio dispensado pelos amigos espirituais, não o furtariam de expor o que havia estado escondido durante alguns meses, num trabalho meticuloso, inteligente e de muita paciência.

E por que trabalho tão demolidor era realizado?

Descartada a possibilidade de ser o antigo habitante do aposento, que fariam essas outras entidades? Qual o objetivo e com que direito se instalaram na casa para perturbar a paz familiar, querendo passar-se por aquele que tinha, naquele quarto, sentido seus problemas de saúde e manifestado em gemidos o mal que o acometera?

Como o imitavam?

Como souberam que fora por gemidos semelhantes, que o velho manifestara o seu mal?

Quantos pensamentos preocupavam Paulo e Idalina, atentos e estupefatos diante do que ocorria e ouviam! Não podiam acreditar! Precisavam de mais esclarecimentos, mas mantinham-se calados e atentos. Aguardavam a manifestação daquele que dizia ser o chefe, o encarregado da empreitada maléfica, e, conquanto se esquivasse, o momento de falar chegaria.

A entidade demonstrava, apesar de tanta fúria e grosseria, uma inteligência muito arguta. Mas, como a própria senhora lhe dissera, não o impediu de ficar submisso e pressionado a falar.

– Vamos! – continuava a dirigente da reunião. – Já esperamos o bastante! O irmão percebeu que está preso e não sairá por sua própria vontade. Terá de falar, e quanto mais rápido o fizer, melhor para você que deixará este ambiente e partirá para outro tipo de vida, recebendo o amparo dos amigos espirituais. Sei que não é seu desejo receber nenhum auxílio desta forma, mas não terá escolha, e, um dia, ainda nos agradecerá este momento. Vamos, já esperamos muito! Não vou repetir as explicações que já lhe dei, e é melhor que fale!

Nesse momento, um impulso muito intenso dos benfeitores espirituais fê-lo falar. Os encarnados não perceberam, mas ele falaria, não à senhora, mas aos que o retinham.

– Está bem! Vi que não tenho outra alternativa. Eu falarei! O que desejam saber? Podem perguntar!

– Há quanto tempo está desenvolvendo este trabalho?

– Há alguns meses! Comecei sozinho, mas à medida que começaram a procurar recursos para me expulsar, fui aumentando os colaboradores, até que, nestes últimos dias, quando vimos nossa permanência ameaçada, arrebanhei mais companheiros e intensificamos a nossa ação. O efeito foi maravilhoso! Já conseguimos retirar os jovens da casa, e, mais alguns dias, tiraríamos também os donos.

– Com que finalidade? De que lhe adianta a casa? Que farão com ela? – continuava indagando a senhora.

– Eu não farei nada, nem meus companheiros! Este não é o meu lugar...

– Por que se instalaram justamente aqui?

– É onde devemos realizar esse nosso trabalho!

– Então estavam a pedido de alguém?

– Certamente, se a casa não nos interessa...

– E a quem ela interessa?

– Reservo-me o direito de não revelar!

– Terá de fazê-lo!

– Nunca o farei! Obrigaram-me a contar o que fazíamos, mas quem nos mandou, nunca contarei! Sei ser fiel às tarefas encomendadas.

– E o que farão agora?

– Estou em suas mãos, como os outros também! Mas assim que puder, voltarei para completar meu trabalho, até que a casa fique totalmente vazia!

– Por que justamente esta?

– Nada mais direi!

– Quero fazer-lhe ainda uma pergunta: Por que imitaram justamente o gemido de um habitante da casa desencarnado há algum tempo?

– Era a forma mais adequada para conseguirmos os objetivos de amedrontá-los! Todos respeitam, amam as pessoas, mas, se as sentem voltar após terem morrido, amedrontam-se, como aconteceu aqui.

– Não é bem assim que ocorre, e nem todos pensam da sua maneira!

– Mas conseguimos atemorizá-los bastante, e estávamos já chegando ao ponto que desejávamos!

– Uma vez mais lhe pergunto: A serviço de quem estavam?

– E eu, mais uma vez lhe respondo! Nada direi! De mim não terão uma palavra!...

– Isto já não importa mais, desde que irão embora!

– Antes de me retirar, devo ainda dizer-lhes que, quem fez o pedido, não desistirá! Nós sairemos, porém, quando ela vir que nada conseguimos, procurará outros recursos! Por isso, é melhor que deixem a casa, se não quiserem sofrer mais!

– Vá embora e não os amedronte, apenas porque não conseguiu seus objetivos!

– Conheço todos os métodos utilizados nestes trabalhos e, quem se envolve com eles não descansará! Avisei-os; não se queixem depois!

– Agora vá, em nome de Deus! Que sua permanência aqui, possa ter lhe servido para algum aprendizado e sua modificação! Que Deus o abençoe, irmão, e que um dia possa recebê-lo como aquele filho que, cansado de tanto mal, voltou-se para Ele, pedindo perdão.

Nada mais foi falado. Quando imaginavam que o trabalho fosse terminar, um outro médium sentiu um envolvimento, e consultou a dirigente do grupo para saber se poderia dar passividade. Adiantou não ser mais aqueles espíritos que ali haviam estado, mas outro que, ciente do que ocorria, mesmo em muita emoção, fora trazido para transmitir-lhes algumas palavras.

Quando ouviram a exposição do médium, o coração dos donos da casa e de Leda mais se acelerou. Logo pensaram no velho pai, e quão felizes estariam se novamente pudessem ter a sua palavra equilibrada, porém, ao mesmo tempo, temiam. Não mais o temor experimentado quando pensavam que ele estivesse em seu quarto, sofrendo e assustando-os, mas o receio natural do desconhecido, pois nunca se viram deparados com situação semelhante. Nestas rápidas reflexões, foram surpreendidos pela resposta da senhora a quem fora feita a pergunta.

ALMAS A CAMINHO DA REDENÇÃO | 59

– Certamente, irmão! Pode ser algum ente querido da família, talvez mesmo aquele que julgavam ser a causa de tantos problemas! Se assim for, eles estão precisando de algumas palavras de conforto! Entregue-se totalmente e deixe-o falar!

Nada demorou, o médium ficou completamente envolvido pela entidade, que, a princípio, como era esperado, demonstrou muita emoção. Aos poucos, pelas palavras de estímulo e serenidade que Carminda lhe transmitia, acalmou-se e dirigiu-se aos filhos. Quando começou a falar, mesmo sem se identificar, todos o reconheceram:

– Filhos do meu coração, é-me difícil retornar depois de tanto tempo afastado, mas foram buscar-me porque era preciso que hoje lhes dissesse algumas palavras de confiança e coragem pelo que vêm sofrendo.

A senhora interrompeu-o, pretendendo iniciar um diálogo que lhe facilitaria a comunicação, e assim disse-lhe:

– Que Jesus, que lhe permitiu estar hoje, entre seus filhos, possa abençoá-lo e inspirá-lo a dizer-lhes o que precisam ouvir para seu conforto! Conte-lhes, querido irmão, como se encontra! Não obstante saibamos que, se aqui está, nesta comunicação, é porque se sente bem e é merecedor deste momento, para eles é importante que o diga.

– Ah, filhos queridos, quanta falta senti de vocês, desta casa, deste meu quarto! Mas tive a felicidade de ser levado a um local onde cuidaram de mim, para o meu restabelecimento, até que fui informado de minha verdadeira condição de desencarnado. Só aí passei a compreender tantas coisas que não entendia – o local estranho, sem a visita de vocês! Agora encontro-me bem, equilibrado e lúcido de minha situação. Informaram-me do que ocorreria aqui, hoje, e em virtude de quê; fiquei muito triste pelo sofrimento que vêm passando, e convidaram-me a que viesse também, para ficar bem comprovado que eu, filhos, nunca aqui permaneceria com propósitos de assustá-los! Se assim ocorresse, estaria inconsciente da minha situação, mas já teria recebido o auxílio através de tantas preces que fizeram, porém, nunca aqui estive! Somente hoje, depois daquela noite em que fui levado ao hospital, enfermo, é que volto, trazido pela necessidade do esclarecimento e do conforto. Estou feliz onde estou! Falta-me ver a minha querida esposa, sua mãe, que ainda não me foi permitido. Ela está em trabalho num local diferente, mas logo serei merecedor de receber a sua visita! Também já realizo pequenas tarefas que estão ao meu alcance, em favor dos que precisam mais que eu, e sinto-me feliz!

Os filhos ouviam, em lágrimas, as palavras do pai, sem contestação, sem dúvidas, felizes e confortados pela sua presença.

Em dado momento, a senhora dirigiu-se a ele dizendo-lhe:

– Seus filhos estão muito felizes com a sua presença, como nós também! Mas, antes de partir, gostaria que lhes falasse da importância, para o espírito, das nossas ações aqui, e do conhecimento espiritual, quando nos encontramos já sem o corpo!

– Bem lembrado, irmã! Se quando aqui estive, tivesse me aplicado a esses conhecimentos acerca do espírito, da sua perenidade, dos locais para onde vamos, que não apenas o céu ou o inferno, muito menos teria sofrido. Teria compreendido mais rapidamente a minha condição de desencarnado, sem tanto sofrimento e sem tanta surpresa. Mas o que eu recebi também foi bastante, pois Deus dispensa a Seus filhos muito mais do que merecem! Foi-me esclarecido que a minha vida aqui, mesmo sem ter praticado efetivamente nenhuma religião, mas crendo em Deus, foi muito profícua pelas minhas ações. Sempre fui um lutador e muito consegui com a ajuda de Deus, procurando ser honesto em minhas atitudes. Trabalhei sem nunca lesar ninguém, valorizando a vida em família, e esforçando-me para transmitir esses valores a meus filhos. Só por isso encontro-me como me sentem, bem e feliz, apesar de não estar na companhia de vocês. Um dia, porém, quando Deus nos permitir, estaremos todos reunidos e felizes. Perdemos o corpo, mas o espírito é imortal, e é dele que devemos cuidar, é para ele que devemos trabalhar. Não posso mais continuar aqui, filhos! Que Deus os abençoe sempre!

Dizendo estas palavras, retirou-se, deixando os filhos em forte emoção, esquecidos até da finalidade primeira daquela reunião, tão enlevados e confortados se sentiam.

Dona Carminda pronunciou uma prece em louvor e agradecimento a Deus por tudo o que haviam recebido naquela noite, muito mais do que esperavam, e a reunião foi encerrada.

8

INTERESSE

AO TERMINAR, PAULO, sentindo-se na obrigação de também fazer um agradecimento a todos os que haviam ido à sua casa, em serviço de auxílio, indagou:

— O que posso fazer para agradecer tanto empenho em nos ajudar?

— A nós, nada! Trabalhamos com amor, e é para isso que Deus nos concedeu a mediunidade redentora! Auxiliamos, mas muito mais que qualquer auxílio que levamos, nós o recebemos primeiro. Também somos devedores e precisamos ressarcir nossos erros. Com a posse dessa ferramenta, dotada por Deus, resgatamos débitos e evitamos muitos sofrimentos.

— Gostaria de poder compreender melhor o pensamento e a filosofia de vocês! Nada entendo dessa religião, mas o que vimos, nesta noite, não nos deixa nenhuma dúvida — continuou Paulo.

— O que aconteceu hoje — disse-lhe dona Carminda — foi apenas uma faceta da nossa doutrina. Viu apenas um pouco da sua parte prática, realizada através da mediunidade, mas ela oferece muito mais! Quanto mais se aprende, mais se quer aprender! É um campo muito amplo com vários aspectos, não só o científico, mas o religioso e o filosófico!

Nesse momento Leda, que a tudo assistira, manifestou-se,

dizendo conhecer alguma coisa através de leituras, mas nunca tinha presenciado nada igual.

— Temos o nosso centro, que está à disposição dos senhores para todo e qualquer esclarecimento que desejarem! O conhecimento ajuda-nos a enfrentar os problemas com mais fé, confiança e segurança e, consequentemente, sofremos menos! — esclareceu dona Carminda.

— Há muito que aprender, então? — indagou, interessado, Paulo.

— Um campo infinito! Basta que penetremos nele para percebermos a sua extensão e profundidade!

Atenta a tudo, Idalina, mais preocupada com o problema da casa, desviado por essas conversas, pediu licença e interrompeu a dirigente que tentava lhes dar algumas explicações.

— Nada foi comentado acerca do real problema que ocorria aqui! A senhora poderia nos dizer, quem teria interesse em nos fazer deixar a casa? Como esses espíritos que aqui estavam atendem a pedidos dessa natureza?

— Essas indagações vêm provar exatamente o que comentávamos há pouco. Quando temos conhecimento, tudo fica mais claro e não sofremos tanto!

Idalina ouviu a resposta e, receando não ter a atenção solicitada aos seus anseios de curiosidade, tornou a perguntar:

— Como ficaremos após o que foi realizado? Não mais teremos as perturbações, e nossos filhos poderão dormir em casa?

— Dona Idalina, ficamos felizes com o que pudemos realizar aqui, hoje; com tudo o que nos foi concedido pelo Pai, inclusive esse presente maravilhoso que receberam ao final, mas não me cabe, agora, julgar o que vai acontecer. Esperamos que, após as colocações feitas e o auxílio prestado a esses irmãos infelizes que aqui se demoravam, tudo possa melhorar. Entregamos nossos pedidos nas mãos de Deus, que sabe o que ainda lhes reserva. Acredito que nada mais ouvirão, porém, não posso garantir que a pessoa interessada em fazê-los desocupar a casa não continue com suas investidas!

— A senhora não podia nos adiantar quem seja?

ALMAS A CAMINHO DA REDENÇÃO | 65

– Nada nos foi permitido saber, como a senhora mesma ouviu! Mas tenha confiança em Deus, orem bastante, estejam sempre em contato conosco, se novas necessidades houver, que o problema poderá ser sanado de vez!

– Precisamos confiar, Idalina! – acrescentou Paulo. – Hoje recebemos muitas graças e talvez nada mais aconteça! Talvez quem tem esse desejo possa desistir, e estaremos tranquilos na casa que nos pertence.

– O importante – interferiu Leda – é que ficamos esclarecidos, e ninguém mais irá pensar que papai estava perturbando. Devemos agradecer ainda a Deus, a graça que nos concedeu de ouvi-lo, de saber o quanto ele está bem!

– Concordo com tudo e agradeço muito, mas não posso deixar de continuar com minhas preocupações. Não por mim, mas pelos meus filhos, que quero vê-los felizes e aqui conosco! – insistia Idalina.

– Deixe-os em casa esta noite e nas próximas também, para ver o que ocorre, mas confiamos que essa fase esteja terminada! – esclareceu dona Carminda.

– Pelas suas palavras – retornou Idalina, preocupada – deveremos aguardar outras?

– Nada afirmei sobre isso, como também não posso assegurar que não as tenham! O importante é confiarmos em Deus e não acreditarmos em todas as ameaças feitas pelos espíritos infelizes. Quando se sentem acuados, sem reação, ameaçam como manifestação de orgulho, querendo dizer: – Eu pararei, mas outros continuarão! – O que nem sempre é verdade. Bem, já é tarde e devemos nos retirar, mas estaremos sempre à disposição na nossa casa espírita! Se precisarem, procurem-nos, mas não se esqueçam também de irem adquirindo algum conhecimento que possa esclarecê-los e trazer-lhes mais confiança!

– Nós lhes agradecemos muito por tudo o que nos proporcionaram e, tenham a certeza, a sua doutrina, hoje, conquistou mais um adepto – um principiante que precisará da primeira cartilha, mas irá se esforçar para chegar aos compêndios superiores! – falou Paulo.

– Falando em primeira cartilha, – tornou dona Carminda – temos a nossa! É a primeira e a única que deve nos acompanhar, desde quando tomamos conhecimento dos seus ensinos até nossos últimos dias! Nela encontramos o direcionamento para todas as nossas ações, o esclarecimento quanto aos ensinamentos de Jesus, e o conforto para os dias de tormenta!

– Diga-me qual é, que providenciarei o mais rápido possível! – perguntou, ansioso, Paulo.

– Deve ser o nosso livro de cabeceira, o nosso guia, o nosso conforto: – *O Evangelho de Jesus!*

– De amanhã em diante tê-lo-ei comigo, e depois procurá-la-ei no centro para novos contatos, mesmo que não precisemos mais!

– Fico feliz em ouvir isso, mas que não seja apenas o entusiasmo do momento!

– Esforçar-me-ei para que não o seja! Hoje muito compreendi, sobretudo pelas palavras de papai.

– Que Jesus fique neste lar, em seus corações, agora e sempre, trazendo-lhes muita paz!

À retirada de todos, Leda ainda permaneceu. Precisava conversar, trocar ideias e saber se os sobrinhos ficariam em casa ou voltariam com ela.

Percebendo, pelo barulho, que o pequeno grupo se retirara, os filhos começaram a aparecer, um após outro, com muitas perguntas.

Foi-lhes narrado de forma bem sucinta o que havia ocorrido, assim como a visita do avô, para que tivessem a certeza de que ele lá não estava.

Ouviram atentamente, mas muitas indagações foram feitas após – as mesmas que preocupavam Idalina. Entretanto, em presença deles, ela se conteve e procurou tranquilizá-los, dizendo-lhes que poderiam dormir em casa e confiassem, que tudo terminaria.

Leda, após algumas considerações a respeito da fala do pai, também retirou-se, mas não tão esperançosa como se fazia crer.

Receava nova investida, contudo sabia que se ocorresse, seria diferente. Nunca procedem da mesma forma! Quando um plano é infrutífero, arquitetam outro, mas não desistem!

Ainda receosos, mas esforçando-se para confiar, encaminharam-se para seus quartos, atentos a qualquer ruído; logo foram vencidos pelo sono e puderam dormir em paz.

Nada os perturbou. Pela manhã, acordaram serenos e mais confiantes. Entretanto, não se esqueceram de que, às vezes, isso ocorria.

À mesa do café, o assunto continuou. Comentaram o silêncio da noite, mas manifestaram ainda o receio pelas noites vindouras.

Paulo transmitia coragem aos filhos e procurava desviar o assunto, contando-lhes algum detalhe da fala do avô. Eles perguntavam, pois não compreendiam o que se passara na casa, nem como o avô pudera ser trazido para falar e explicar que ali nunca estivera depois que deixara o corpo material...

– Vou informar-me melhor a respeito dessa doutrina, filhos! Se ela serviu para nos proporcionar tranquilidade e nos trazer o seu avô, deve ser boa e vai muito além das outras das quais já ouvimos falar. Entusiasmei-me e quero aprender.

– Quando o senhor aprender, poderá nos ensinar? – pediu-lhe Dulce.

– Se tiverem interesse, aprenderemos juntos! Antes quero conversar com tia Leda, que tem lido bastante sobre o assunto, e depois, estou pensando em frequentar o centro onde trabalham aquelas pessoas que nos ajudaram ontem.

A conversa não poderia se estender muito. Era hora de deixarem a casa, mas disseram ao pai que gostariam de saber mais, principalmente Eduardo e as duas jovens.

Idalina viu-se só. Refletia em tudo o que ouvira, mas um ponto a preocupava sobremaneira. Percorria sua casa na obrigação de alguma providência, olhava-a imaginando quem poderia ter interesse por ela. Quem estaria empenhado em desalojá-los para nela se instalar? Por que essa pessoa não procurara Paulo para uma proposta? É certo que ele nunca aceitaria, mas aqueles métodos usados eram muito baixos, desumanos...

Pensava em diversos nomes com medo de estar acusando, embora mentalmente, algum inocente. Mas descobriria! Ah, descobriria! Não faria como Paulo que, deslumbrado com os acontecimentos que presenciara, se esquecera do sofrimento de meses seguidos. E se tudo voltasse? Se começassem a utilizar novos métodos? E se os mesmos já demonstrados retornassem? De qualquer forma deveria aguardar.

Nesses pensamentos e cuidados algumas noites passaram.

Paulo adquirira um exemplar do Evangelho recomendado por aquela senhora e, quando dispunha de tempo, lia algumas páginas.

Os filhos estavam confiantes e serenos. Nada mais ouviram e a vida entrava na rotina anterior, quase esquecidos do que haviam sofrido.

Algum tempo mais passou. Paulo frequentava alguns trabalhos da casa espírita, particularmente as explanações evangélicas, os passes, e sentia-se fortalecido. Às vezes, as filhas lhe faziam companhia, e continuavam em casa o assunto tratado. Paulo até consultava o seu Evangelho para tirar alguma dúvida ou acrescentar algum esclarecimento.

Idalina pouco o acompanhava. Ficava com os filhos e não se interessava tanto como o marido. Alegava obrigações na família, que não as tinha, e recusava-se. Ainda não esquecera seus intentos, e, certa vez, comentou com a cunhada.

Leda procurou tirar-lhe da mente, indagando:

— O que fará você, se tiver o nome de quem deseja sua casa?

— Nem mesmo sei, mas é bom conhecer! Precisamos saber com quem lidamos e com quem temos amizade! Ninguém se interessaria pela mansão, apenas por vê-la da rua... Quem assim procedeu é alguém da nossa convivência! Algum frequentador e amigo, quem sabe, parente mesmo! Até um de vocês poderia, não?

— Não diga isso, Idalina! Não está pensando que seríamos capazes de tal realização?

ALMAS A CAMINHO DA REDENÇÃO | 69

– Não sei, Leda! Acredito que você não, mas e os outros?

– A partilha foi feita e todos concordaram. Cada um recebeu um acréscimo para que Paulo ficasse com ela.

– Era justo que assim fosse, sempre moramos aqui e ficamos na companhia de seu pai. Mas não nos fizeram nenhum favor, porque receberam a diferença.

– Pois então! Como pôde pensar assim?

– Não sei, mas tenho pensado muito e em todos!

– Meus irmãos nem aqui residem! Estão quase todos fora do país. Por que fariam isso?

– Já disse, Leda, não sei, mas não posso evitar de pensar em todos!

– Paulo sabe dessas suas suspeitas?

– Nunca lhe disse nada a respeito dos irmãos, contudo sabe que tenho pensado muito em descobrir quem foi.

– E o que ele pensa disso?

– Procura dissuadir-me, estimulando-me a esquecer.

– Veja, Idalina, o que vocês conseguiram. Agora estão tranquilos, sem preocupações, a casa voltou à normalidade anterior, tivemos a presença de papai... Não vá procurar problemas. Esqueça-se disso e viva a sua vida em paz.

– Tenho receio de que retorne.

– Já faz algum tempo e nada mais aconteceu.

– Mas quem pediu não deve saber das providências que tomamos e está aguardando... Quando verificar que não está dando certo, fará novos pedidos.

– Nesse ponto tem razão e pode ocorrer. Mas espere acontecer e não sofra pelo que possa vir. Aguarde, sem se martirizar, para não criar problemas e aumentar seu sofrimento.

9
O OUTRO LADO

POR MAIS ALGUM tempo a rotina diária pôde ser notada na mansão. Nada diferente como Idalina temia, a não ser a consequência daquele trabalho tão benéfico que levara Paulo e, às vezes, algum de seus filhos, a frequentarem a casa espírita, a lerem e se instruírem a respeito da sua doutrina.

Aparentemente a vida de todos transcorria em paz!

No entanto, no recôndito dos seres, nem sempre há o que demonstram. Muitos adquirem uma postura exterior que lhes dê o esteio e a âncora em que se apoiam, para que outras atitudes mais secretas não sobressaiam, justamente em presença de quem precisam esconder.

Paulo sempre fora, para o pai, o filho que lhe dera a maior satisfação, que estivera sempre em sua companhia e o respeitava. Como resultado disso, granjeara a sua confiança e conquistara a administração da indústria e dos outros bens.

Na família, era o marido de conduta irrepreensível, o pai dedicado. Entre os irmãos, era aquele que pudera tornar possível a continuidade do trabalho do genitor, proporcionando-lhes, também, de forma honesta, rendimentos que lhes aumentavam a receita mensal.

Era o homem exemplar!

Todavia, e o seu íntimo? Alguém já o teria perscrutado? Por tudo o que demonstramos, viveria ele feliz consigo próprio, realizando o que desejava? Se tanto trabalhara e lutara para conservar a sua situação, é porque ela lhe era agradável, mas nunca ninguém fizera tais indagações.

Diante de todos era um homem feliz e honesto, protetor de sua família e correto em suas ações. Entretanto, se pudermos analisar melhor o seu íntimo, examinar-lhe a alma, o coração, nele encontraremos sentimentos escondidos, ações praticadas veladamente, e muitos problemas dos quais ninguém tinha conhecimento.

Idalina conhecia-o bem, mas o Paulo que se mostrava aos familiares... O outro, ninguém conhecia, nem mesmo os que partilhavam de sua intimidade familiar ou do círculo de amigos. Sua vida era dupla! A que demonstrava no lar, e a que vinha vivendo à margem dele...

Há poucos anos atrás, conhecera, por acaso, em circunstâncias comuns, uma jovem por quem se apaixonara. Naquela ocasião, seus filhos eram menores, e, sem atinar com as consequências, começou, com ela, um relacionamento mais íntimo.

A jovem, vendo nele uma pessoa de muitas posses, alguém que poderia mantê-la numa vida de facilidades, apenas em troca do seu amor, foi se deixando levar e foram se envolvendo cada vez mais.

Ele visitava-a quase diariamente, em uma casa adquirida em nome dela, e mantinha-a com todo o conforto que a jovem exigia, e que ele também desejava, ao visitá-la. Ela, porém, cada vez queria mais!

Tinham já duas crianças, duas meninas alguns anos mais novas que as suas com Idalina, e a elas se apegara muito.

Intimamente sofria pela situação que tinha de enfrentar e da qual quisera afastar-se há algum tempo, mas era ameaçado com o revelar à família. Para evitar maiores problemas, cada vez mais fazia concessões, e agora ela queria a mansão onde ele morava com seus familiares.

O problema estava se agravando, e ela insistindo.

ALMAS A CAMINHO DA REDENÇÃO | 73

– Não tenho como sair de lá! Seja razoável, não complique a minha vida!

– Temos nossas filhas que precisam estar amparadas e devem ter do pai todo o apoio!

– Elas têm tudo o que meus filhos, em minha casa, têm! Por que agora querer a mansão onde sempre vivi e por cuja posse lutei tanto?

– Nunca disse nada, respeitando a presença de seu pai! Agora que ele não está mais lá, quero-a para mim. Já esperei muito! Escolha! Ou me dá a mansão, ou o que me calei até agora, tornar-se-á público, e todos saberão quem você realmente é...

– Nada posso fazer! Como sair de lá sem uma razão plausível? Não poderia ter lutado por ela e, de repente, deixá-la sem motivo justo!

– Pois eu conseguirei um motivo justo!

– Como!? Não quero que interfira na minha família, senão a abandonarei para sempre!

– Esqueceu-se de nossas filhas? Elas também têm direitos!

– Dê-me um tempo! Deixe-me pensar, talvez uma outra casa, em outro local...

– Quero aquela e nenhuma outra a substituirá! – e, em tom de ameaça, informou-lhe: – Sabe que tenho passado muitas vezes por lá e vejo até seus filhos saindo e entrando? Presto muita atenção a tudo! Não me custa nada parar algum deles e contar-lhe exatamente o que se passa!

– Você não faria isso! Em nome do que já representamos um ao outro, em nome das meninas...

– De suas filhas, quer dizer!

– Sim, em nome de nossas filhas, mude de ideia e dê-me paz! Tenho tantas obrigações e, vir aqui já não me é tão fácil. Supro todas as suas necessidades com muito conforto, compreenda-me, por favor!

– Posso esperar mais um pouco, mas não muito!...

Esse diálogo, sempre que Paulo a visitava, era mantido, e cada vez mais ela insistia. Ele andava nervoso, a ponto de, às vezes, até preferir que tudo viesse à tona para ter um pouco de sossego após. Mas temia as consequências.

Quando os primeiros ruídos começaram a ser ouvidos na mansão, ele já teve receios. Entretanto, a semelhança com o problema do pai, a possibilidade de algum aviso demoveram-no de tais pensamentos.

Paulo chegara a falar-lhe sobre o fato, todavia ela sempre negara e ele acreditou. Porém, quando a intensidade foi aumentando, não teve mais dúvida. Era iniciativa dela!

Interpelada, a interesseira não teve como fugir ao assunto e confirmou. Estava a par de como o velho adoecera, que Paulo contara, e encomendara um trabalho num ambiente mediúnico inescrupuloso, utilizando-se desse expediente, para que, com medo, todos deixassem a casa.

Assim, Paulo sentia-se premido pelas ameaças, mas o que poderia fazer? Nada que não provocasse um escândalo. Errara, reconhecia-o, e sofria por causa do erro. Todavia, a situação estava se agravando pela insatisfação constante e pelas exigências absurdas que a outra fazia, às quais, no seu entender, não tinha direito.

Aquele entusiasmo que o envolvera, ao conhecê-la, há muito não existia mais. No entanto, consequências advieram de comportamento tão estouvado, e lá estavam duas meninas, duas filhas, mulheres ainda, requerendo mais atenção, mais carinho, mais cuidados...

Seu íntimo vivia atormentado. Nunca deixara transparecer nada entre os familiares e Idalina nunca desconfiara. Alegava sempre compromissos de trabalho, alguma reunião, e ultimamente não sentia mais vontade de visitá-la, mas gostava das filhas. Elas aguardavam-no, indagando por que não permanecia em casa, como os pais de suas amiguinhas e, às vezes, vinha quando não se encontravam. Já estavam em idade escolar, e ausentavam-se um período do dia para tais obrigações.

Paulo gostava das filhas e preocupava-se com o futuro delas, ainda mais com a mãe que possuíam, reconhecia-o agora – uma interesseira sem muitos escrúpulos.

O que estava feito, não tinha solução. Vivendo em constante sobressalto, temeroso pelas suas ameaças, não compreendia por que ela nunca procurara a sua família para nenhuma revelação. Entretanto, já não tinha mais certeza de que essa atitude continuaria. Pensara em proporcionar alguma segurança para o futuro das filhas, e constantemente fazia-lhes depósitos bancários. Um dia, se não mais pudesse protegê-las pessoalmente, estariam amparadas até que pudessem prover a própria subsistência. Teriam a instrução que quisessem, e poderiam realizar bom casamento. As duas eram muito bonitas, e quanto mais cresciam, mais os traços harmoniosos se acentuavam e a beleza transparecia.

A mais velha já completara dez anos. Morena e esperta, era Celina. A outra, com oito anos, com traços muito semelhantes, era Célia, ambas muito vivas e inteligentes. Não entendiam a situação dos pais e faziam muitas perguntas.

A mãe, sempre usando de evasivas, de desculpas e até de mentiras, dava-lhes algumas satisfações. Quanto ao pai, insistiam para que ficasse em casa, no entanto percebiam, cada vez a sua permanência era menor.

Paulo questionava-se muito. Até quando conseguiria mantê-las na ignorância? Estavam crescendo, e logo mais não aceitariam as desculpas e quereriam fatos, verdades! Receava também a inescrupulosidade da mãe, que, a qualquer momento, revoltada e exigente como andava, poderia contar-lhes tudo.

Tivera o cuidado de não lhes dar seu nome, e isso elas ainda não haviam percebido.

Se pudesse retornar no tempo, se tivesse pensado melhor, quanto sofrimento seria evitado. Contudo, nunca se pensa no futuro quando se pretende o agora. Por mais sombrio e aterrador que o porvir se apresente, nele ninguém acredita nem pensa, se o hoje lhe oferece os atrativos que deseja. Mas o agora passa, e o que era atrativo deixa de sê-lo. O futuro chega e torna-se presente com todas as suas sombras ameaçadoras... Mesmo querendo retornar, esse é um caminho sem volta, um caminho que foi deixando marcas tão profundas que jamais poderão ser apagadas, ainda mais quando, do desfrutar dos momentos desejados, surgem frutos inocentes, e deles se tem que cuidar.

Mesmo pensando, refletindo, arrependendo-se, atormentando-se, temendo, Paulo tinha que continuar e arcar com o resultado da sua imprevidência.

Quando da visita daquelas pessoas da casa espírita, em seu lar, compreendia que alguma medida deveria ser tomada para a paz familiar; contudo, ciente do que a outra fizera, temia revelações. Sentiu um alívio muito grande quando a reunião terminou sem nada ter sido descoberto.

Simpatizara com a doutrina pelo pouco que pudera presenciar, muito mais ainda pela visita do pai, e se interessara em mais conhecer. Lia o Evangelho que lhe fora recomendado, assistia a algumas explanações e encontrava certo conforto, mas o seu problema não tinha solução.

Idalina insistia em saber quem quisera prejudicá-los e empenhava-se, até então sem nada conseguir, e Paulo esperava que nunca conseguisse. Se algum dia descobrissem o que estava ocorrendo paralelamente à sua vida familiar, talvez não tivesse coragem de enfrentar a esposa e os filhos, tamanha a vergonha que sentiria.

Tanto pensava, tanto procurava solução, que pensou até, certa vez, em procurar dona Carminda que tão abnegadamente os atendera em casa, e com a qual já mantinha certa amizade, pela sua frequência, sempre que podia, à casa espírita.

Precisava conversar com alguém a respeito de problema tão sério, para, talvez, desafogar-se de tantas tensões e encontrar uma solução através de um aconselhamento. Sabia que não poderia fugir às responsabilidades, mas alguma palavra de pessoa tão sensata, acostumada a tantos problemas, ser-lhe-ia muito salutar. Alguma luz poderia mostrar-lhe um novo caminho no qual estivesse apoiado em Deus, sem nada fazer contra os seus ensinamentos.

Nessa firme convicção, enquanto aguardava a oportunidade, procurava dar aos familiares a assistência e atenções que sempre lhes dispensara. Nunca deixou de amá-los, mesmo envolvido pelo deslumbramento que o retivera em outras paragens, aquelas que reconheceu, após, deram-lhe o prazer momentâneo e o tormento que lhe seria eterno, do qual excluía o amor que sentia pelas meninas. Eram ternas e dóceis, diferentes da mãe, e as amava muito. Mas não podia deixar de reconhecer que, se não as tivesse, estaria mais tranquilo.

Suas preocupações maiores eram as ameaças de que era alvo, sobretudo depois que a outra resolvera exigir a mansão. Demonstrara que nenhum amor lhe dedicava, exibindo só o interesse pelo que ele lhe proporcionava. Quem tem tudo passa a exigir o supérfluo e cai no exagero. E ela exigia-lhe a mansão e trabalhava por consegui-la, sem se importar com os meios utilizados.

Se os primeiros recursos foram infrutíferos, arrumaria outros mais intensos, de tal sorte que seus moradores se veriam tão atormentados dentro de casa, que não resistiriam à sugestão mental de abandoná-la.

Para isso aquela amante estava se movimentando novamente. Não sabia ainda o que faria, mas como tinha conhecimento de locais que propiciavam às pessoas a realização de seus objetivos, procurou um deles e expôs o seu desejo, pedindo sugestão.

Em resposta, a pessoa que a atendeu, um homem aparentando uns cinquenta anos, envolto em túnica branca, tendo muitos apetrechos para rituais, à sua volta, disse que conseguiria satisfazer suas pretensões, mas custaria caro.

– Dar-lhe-ei uma parte agora, mas o resto somente quando vir aquela casa vazia! – respondeu-lhe ela, concordando. – Se isto acontecer, receberão mais ainda do que me pedirem, tão grata ficarei!...

Acertado o preço, altíssimo, ele tornou:

– Aguardaremos, porque temos a certeza da eficiência do nosso trabalho!

– Já encomendei um que nada resultou. Por isso quero coisa boa!

– Não duvide da nossa capacidade! Muito temos conseguido, e todos sempre ficam satisfeitos.

– O que fará, senhor?

– Confie em nós! Teremos que trabalhar duplamente – no físico e na mente – para que percebam que o problema físico é consequência da desobediência de lá permanecerem. Devo utilizar-me do que já conhecem, para entenderem melhor as intenções. O trabalho será grande, por isso custa caro.

– Não se preocupe com preço! Já expus minhas condições. Por mais caro seja, valerá a pena! Mas a outra metade, só quando a mansão estiver vazia! – e, novamente insistindo: – Não poderá dar-me detalhes do que fará?

– Não devo! O nosso trabalho é sigiloso! Se nos procurou é porque deve saber da eficiência do que realizamos e do que conseguimos!

– Tem razão, devo confiar! Não quero, apesar de tudo, que o trabalho sobre o físico ocasione nenhuma morte; apenas o suficiente para que se vejam atormentados e reconheçam que, ao sair, tudo passará!

– Não tenha receio! Sabemos o limite das nossas realizações!

Retirou-se esperançosa, deixando grande soma de dinheiro, correspondente à primeira parte do pagamento. Era tão alta que, se nada mais desse, estaria já muito bem pago.

Sem revelar nada a ninguém, começou a aguardar. Nada, de início, é tão forte que se perceba de um momento para o outro. Um trabalho bem realizado é feito aos poucos. Uma mudança brusca assusta e prejudica os resultados. Por isso, começaria suavemente, muito natural e normal. Pequena sugestão na mente de um, hoje, outra pequena ideia, amanhã; uma leve dorzinha hoje, um pouco mais intensa após, tudo muito bem dosado e equilibrado, muito natural, até que chegaria a um ponto insuportável. A desarmonia reinando entre todos por qualquer motivo banal, a enfermidade, os diagnósticos desencontrados, sem solução... Era esse o trabalho a ser realizado. Suavemente sim, mas não tão demorado.

Depois de uns dias, esperava algum comentário de Paulo a respeito de mudanças no seu lar, tão ansiosa andava. Se perguntasse, despertaria suspeitas. Ao mesmo tempo, não tinha muito interesse em manter sigilo, ante as ameaças já feitas, mas, de início, deveria esperar para sua maior eficácia. Ele pouco frequentava a casa, ultimamente, mas não deixava de ver as filhas, vez por outra, levando-lhes o conforto de sua presença por alguns instantes, e o conforto material para a sua sobrevivência. Era muito solicitado por elas a permanecer mais em sua companhia, porém alegava necessidade de serviço – trabalhava fora, nem sempre podia vir. Era o que elas sabiam!

10
EM DEMANDA

ALGUM TEMPO PASSOU. Quando a serenidade estava instalada na mansão, e os filhos de Idalina, apesar de seus próprios temores, não mais se preocupavam com o que haviam passado, pequeno problema começou a surgir.

A filha mais nova, Dulce, a caçulinha, e a mais terna com os pais, começou a apresentar comportamento estranho. Sempre tão racional e equilibrada em suas ações, todas realizadas com ternura e amor, tornou-se agressiva. Uma brincadeira dos irmãos ou um pequeno comentário a seu respeito, impelia-a a revidar, não só em palavras, mas em atos também.

– O que está acontecendo, minha filha, para estar sempre nervosa, descarregando sobre seus irmãos a sua insatisfação? Conte à sua mãe!

– Nada tenho, mamãe! Estou bem! Por que me faz essas perguntas?

– Não percebeu a extensão de suas atitudes? Estou preocupada! Há algum problema no Colégio? O que está ocorrendo?

– Nada há, mamãe. Não sei o que é, mas quando entro em casa, sinto esse nervosismo a que está se referindo. Parece que não gosto de mais ninguém aqui, que são todos meus inimigos. Quando estou fora, nada sinto, e até arrependo-me do que fiz!

– Isto é muito grave. Deve lutar contra esses sentimentos!

– Mas não são sentimentos meus! Sabe o quanto gosto de todos, que sempre me mimaram por ser a mais nova, e o quanto eu gostava disso. Agora, aqui dentro, não suporto ninguém.

Idalina, que há dias vinha observando tal comportamento da filha, nunca imaginou que seu íntimo estivesse tão atormentado como o confessara.

– Você está precisando de ajuda. O que gostaria que fizéssemos, fale!

– Não sei o que poderão fazer. O que sinto é no meu coração, sem que ninguém tenha feito nada.

– Talvez, se passasse uns dias fora. Não gostaria de ficar uns dois ou três dias em casa de tia Leda? Lá se distrairia com seus primos. Quando voltar, essa sensação ruim deverá ter passado.

– Não gostaria, apesar de tudo, de me afastar daqui. Talvez fosse pior.

– Mas disse que nada sente fora de casa. Quando voltar, já esqueceu tudo isso.

– Se a senhora imagina que devo, fale com ela e eu irei.

– Amanhã cedo conversarei com Leda e, se ela puder ficar com você alguns dias, à tarde eu mesma a levarei.

– Faça como quiser, mamãe.

– Você tem dormido bem?

– Acordo muitas vezes durante a noite, e sinto até um pouco de medo, quando permaneço muito tempo acordada.

– Talvez estivesse precisando de uma consulta médica.

– Não quero ir a médico nenhum! Que lhe diria? Que ando nervosa, agrido a todos com palavras e até fisicamente se pudesse; que não durmo bem e tenho raiva de todos em casa? Talvez me dissesse que estou ficando louca...

– Não diga isso, filha! Tudo irá passar, não se preocupe.

No dia seguinte Idalina falou com Leda e levou Dulce para passar uns dias em sua casa.

– Não fosse você, Leda, que sempre nos socorre, não saberia como fazer!

– Estamos aqui para ajudar no que pudermos. Fique tranquila,

Dulce se distrairá com os meus, e não se lembrará de nada, quando voltar. Ela poderá ficar quanto quiser!

Prometendo que iria visitá-la e que lhe falaria diariamente pelo telefone, Idalina beijou a filha e retirou-se muito preocupada.

Lembrou-se do período difícil por que haviam passado, e lamentava-se, pois, a partir de um certo ponto em suas vidas, o seu lar estava transtornado. Mesmo quando aquela fase difícil terminara, nada mais era como antes.

Paulo não é o mesmo! – pensava Idalina. – Anda mais calado, participa menos dos problemas dos filhos. Quando tem um tempo, procura ler e não temos muito mais a sua companhia. O que ainda nos estará reservado? Será consequência daquele desejo de nos tirarem da casa? É verdade!... – lembrou-se ela. – Eu tinha receio de que fizessem novos pedidos. Deve ser isso!... Por que Dulce se sente mal apenas em casa? Por que me lembrei logo de mandá-la à casa de Leda? Algo deve haver novamente! Nem consegui saber quem quis nos prejudicar naquela ocasião. Deve ser a mesma pessoa, mas descobrirei quem é! Moverei céus e terras, mas descobrirei.

Todos esses pensamentos a envolviam durante o percurso de volta à sua casa, onde entrou muito mais preocupada que ao sair.

Aguardando a chegada de Paulo, a sós com ele, expôs esses seus temores, pedindo-lhe que passasse a prestar mais atenção em tudo, principalmente no comportamento dos filhos.

– Tenho medo de que um novo período difícil esteja se aproximando! O que faremos?

– Não tenha receio. O problema de Dulce deve ser um nervosismo próprio da idade e nada mais.

– Espero que sim, mas não pude evitar de ter os pensamentos que lhe expus.

– Se percebermos que os problemas voltam, tomaremos as nossas providências, como você já as tomou! Mas não fique pensando neles; procure esquecer!

No dia seguinte Idalina entrou em contato com a filha, que lhe disse ter passado uma noite serena, sem nada sentir.

– Poderei até voltar para casa! Sinto-me bem aqui! A senhora tinha razão. Devia ser algum nervosismo passageiro!

– Fique ainda hoje, filha, e amanhã à tarde, irei buscá-la! Estamos sentindo a sua falta, mas é melhor ficar um pouco mais!

Naquela noite, quando todos já se encontravam deitados em busca do repouso, Eduardo bateu à porta do quarto dos pais, chamando Idalina, que o atendeu assustada:

– O que aconteceu, filho?

– Não estou me sentindo bem, mamãe! Minha cabeça gira muito, e mal consegui chegar até aqui!

– Deve ser alguma coisa que comeu!

– Não comi nada diferente do que comeram todos!

– Como começou? – perguntou o pai de dentro do quarto, tendo ouvido a reclamação do filho.

– Estava quase dormindo, e, de repente, tudo começou a rodar! Sinto-me como se não estivesse mais nesta casa! Vi-me em outro lugar, estranho, numa casa que não conhecia!...

– Deve ter sonhado, filho!

– Ainda não havia dormido! Não era sonho! Foi uma sensação muito esquisita!

– E agora, já passou? – perguntou a mãe.

– Foi-me difícil chegar até aqui, mas sinto-me melhor!

– Deseja que lhe prepare algum remédio?

– Não sinto nada que um remédio possa melhorar!

– Então volte para o quarto! – pediu o pai. – Procure dormir, sem pensar em nada disso, e terá uma noite tranquila!

– Eu o acompanharei. Vamos!

Tomando o braço do filho, querendo aconchegá-lo, Idalina acompanhou-o até o quarto, esperou-o deitar-se, cobriu-o como fazem as mães aos filhos pequenos, beijou-o e retirou-se. Quando na porta, voltou-se, perguntando:

– Sente-se bem? Posso ir?

– Melhorei, mamãe, mas minha cabeça ainda está estranha!

ALMAS A CAMINHO DA REDENÇÃO | 85

– Se precisar, chame-me que providenciaremos algum remédio, mesmo um médico se for necessário!

– Está bem! Pode apagar a luz!

Idalina começava a compreender que as mesmas perturbações voltavam. Percebera que a manifestação era diferente, mas a causa, a mesma. Por que tanto Dulce quanto Eduardo fizeram referência à casa? O que lhes estaria reservado ainda? Por que estavam, agora, mexendo com os filhos? A investida parecia estar se iniciando de forma intensa e destruidora, e ela temia.

Sabia que, se alguém desejava a casa, não teria se conformado em não consegui-la, e, quando visse que nada estava dando certo, investiria de novo.

Deixando o quarto de Eduardo, foi à cozinha tomar um pouco de água e coordenar esses pensamentos, lá permanecendo alguns minutos.

Desejava conversar com Paulo a respeito dessas suas conclusões, mas não conseguiu. Ao chegar ao quarto, ele dormia profundamente e o assunto foi protelado.

Na verdade Paulo não dormia, não conseguiria ante situação tão grave. Não tinha dúvidas e queria evitar o assunto com Idalina. Não saberia o que dizer. Desde o acontecimento com Dulce, já chegara à conclusão do que seria, mas estava de mãos atadas. Enquanto o problema se limitava apenas àquele nervosismo, seria passageiro, porém, a investida estava continuando e atingiria a todos.

Ainda era o início, talvez apenas o aviso... Se não trouxesse nenhum resultado, a ação seria mais intensa, e efeitos muito tristes adviriam.

Ele odiou, naquele momento, aquele ser por quem um dia sentira amor, e não vacilara em conspurcar-se para estar com ela. Não avaliara com quem estava se envolvendo, nem as consequências de nada.

Ah, como se arrependera! Como sofria sem nada poder fazer! Temia o escândalo, o repúdio de Idalina e dos filhos, além da vergonha que passaria. Estava sempre cedendo ante as suas ameaças, mas agora ela estava indo longe demais... Não tinha escrúpulos, nem humanidade ou piedade, e muito menos a medida de suas atitudes, desde que alcançasse o objetivo colimado. E o seu objetivo era a mansão! Seus olhos recaíram sobre ela, e dela não mais quisera retirá-los. Queria-a toda para si e as filhas, e achava-se no direito de possuí-la.

Paulo lhe pedira um tempo, não para pensar, que nunca se mudaria para satisfazer seus caprichos. Oferecera-lhe outro local, outras possibilidades, tentando demovê-la de tal obstinação, mas ela nada aceitara e até procurara novos recursos mais intensos, talvez para expulsá-los da casa.

O resto daquela noite não mais conseguiu dormir.

Na manhã seguinte evitou que Idalina lhe falasse sobre o assunto, e sabia que, diante dos filhos, ela não o faria.

À mesa do café, Eduardo contou que demorara muito a dormir, e após, sonhara muito e vira-se outra vez, durante o sonho, na mesma casa que vislumbrara.

– Não lhe disse que deve ter sonhado!

– Consegui muito bem discernir, papai, e sei quando dormia e era sonho, e quando passava mal, bem acordado!

– Não vou insistir mais, filho!

– O que houve? – perguntou Jane. – De que falam?

– Depois o Eduardo lhe contará! – interferiu a mãe.

Paulo terminou logo o café e levantou-se. Idalina acompanhou-o, dizendo que precisavam conversar.

– À tarde conversaremos, estou um tanto apressado, e hoje não devo vir para o almoço. Tenho negócios importantes para resolver.

– Está bem, Paulo, mas estou preocupada.

– Não dê aos fatos uma importância maior que eles merecem.

– De que está falando, se ainda não disse nada?!

– Mas sei quais são suas preocupações. Conheço-a muito bem.

Paulo, avisando que não estaria em casa para o almoço, tinha bem delineado na mente o seu plano.

De início, procuraria aquela mulher, e, após...

Com essa intenção, preveniu-a de que almoçaria em sua casa, aparentando tranquilidade.

Sabia que, logo após o almoço, as filhas sairiam para as aulas e teriam oportunidade de conversar.

À hora combinada ele lá estava, e, quando se viu a sós com a amante, foi direto ao assunto. Não tinha muito tempo a perder e a ansiedade impelira-o a falar sem muita espera.

– O que fez desta vez?

– De que está falando?

– Entendeu-me muito bem e sabe do que falo!

– Se explicar melhor, talvez eu saiba!

– É a respeito da mansão!

– Ah!... O que aconteceu com a mansão? O que está ocorrendo lá para ter vindo tão rápido? Já sabia que não era o desejo de nos ver. Deveria ter entendido logo!

– Não se faça de vítima e responda à minha pergunta!

– Não sei do que está falando!

Paulo foi se irritando, chegou até ela, tomou seus braços e, sacudindo-a nervosamente, pediu:

– Fale agora, o que fez?

– Deixe-me em paz! – respondeu, querendo desvencilhar-se dele. – Deixe-me!

– Então fale!

– Solte-me que eu falo! Sabe que não faço segredo de nada!

Desejando ouvi-la, ele soltou-a e ela continuou:

– Até agora nada havia falado, porque você vem muito pouco aqui e não tive oportunidade! Queria, também, aguardar algum resultado. Sabe que não tenho medo e suas perguntas apenas deixaram-me feliz! Demonstram que está dando certo!

Fazendo pequena pausa, prosseguiu:

– Quem vai falar agora é você! Quero saber o que foi feito! Como está se apresentando agora? Pedi coisa boa e paguei caro!

– Ainda com o meu dinheiro?! Eu próprio estou pagando a desgraça em minha casa?!

– O que aconteceu? Morreu alguém já?

– Não me irrite mais! Você vai contar-me o que fez e me acompanhará até onde o trabalho foi encomendado! Lá pedirá que o desfaçam imediatamente! Vim disposto a isso! Vamos!

– Nada direi e não vou a lugar nenhum! Você vai aguentar na mansão até o fim, até que resolvam sair de lá! Não adianta, você é muito ingênuo! Mesmo que o acompanhe agora, amanhã poderei voltar e pedir novamente!

– Eu a estou odiando! É isso que quer, não?

– Nunca fiz questão do seu amor, e nunca senti nada por você. Apenas queria o conforto que me proporcionava e continuará me proporcionando. Temos nossas filhas, e não se atreva a me fazer nada! Qualquer ação sua terá consequências piores, porque vou à sua casa imediatamente!

A situação de Paulo complicava-se. Nada conseguiria dela – nem o desfazer do trabalho nem a paz de que necessitava. Estava amarrado por todos os lados!

Desalentado e ainda muito irritado, sentindo o peito opresso por tudo o que ouvira, a passos lentos, dirigiu-se à porta de saída sem mais nada dizer. Enquanto a abria, pôde ouvi-la dizer:

– Não se atreva a abandonar-me, que as consequências serão suas!

Sem nada responder, fechou a porta sentindo-se abatido, triste, combalido, sem condições de voltar ao trabalho.

11
DESESPERO

PAULO ENTROU NO carro sem disposição de dirigi-lo. Sem ligar a chave, respirou fundo e até orou, lembrando-se do que lia no Evangelho, e reconhecia: – Eu mereço o que estou passando! O que fiz, não foi atitude de um homem de bem. Mas a que me levará tudo isso? Até onde suportarei, até quando minha família estará alheia a esses fatos?

Refez-se um pouco, e partiu. Quando deu acordo de si, estava diante do centro espírita que, às vezes frequentava em busca de conforto. Já pensara em conversar com dona Carminda, mas não tivera coragem. Sentira-se envergonhado, porém agora tentaria receber dela alguma palavra de orientação.

A hora era inusual, mas tentaria. Sabia que, frequentemente, ela lá estava, à tarde, atendendo algumas pessoas. Desceu do carro e tentou a porta, encontrando-a aberta. Ao entrar, deparou-se com ela aguardando uma pessoa que a procuraria logo mais.

Ao vê-lo, espantou-se, perguntando:

– Aqui a esta hora, senhor Paulo! O que aconteceu?

– Precisava falar-lhe! Tenho um problema que é o meu tormento, tão terrível se está me apresentando.

– O que houve? Alguém no seu lar não está bem?

– Um problema advém do outro e preciso de uma orientação. Tenho sofrido muito por meu próprio desatino, e o cerco, agora, em torno de mim, está se fechando. Estou sem ação!

Apontando para uma saleta ao fundo do salão, convidou-o a acompanhá-la, explicando:

– Lá ficaremos à vontade, e se a pessoa que espero, chegar, nos aguardará um instante. Vamos!

Depois de se sentarem, tranquilizou-o, dizendo:

– Senhor Paulo, não há nada que não tenha solução, se nos apoiarmos em Deus e pedirmos a sua ajuda!

– Mas eu errei muito, justamente contra Ele!

– Todos os Seus filhos, aqui, erram muito, mas se tiverem humildade de pedir auxílio, sobretudo se se arrependerem, Ele não o negará!

– Arrependido estou e muito, mas o resultado do meu erro aí está e tenho que arcar com ele!

– Veio para falar, pois não?

– Se quiser me ouvir. Estou precisando desabafar, como também receber uma orientação.

– Pois então fale, o que o aflige tanto?

– Há alguns anos atrás, conheci uma jovem por quem me apaixonei. Ela conseguiu envolver-me de tal forma, que não tive força suficiente para esquivar-me, mesmo tendo uma esposa como tenho, fiel, dedicada e que me ama, e filhos a quem amo muito...

Prosseguindo a narrativa, contou-lhe todo o seu sofrimento, chegando àquele episódio, atendido por ela e os médiuns do centro, em trabalho realizado em sua casa. Contou-lhe que era a mesma criatura que o solicitara, aproveitando-se do que sabia da família, como também o que encomendara agora, cujas consequências estavam começando a ser sentidas em seu lar. Até o encontro que haviam tido há momentos atrás, foi narrado em detalhes.

– Tenho medo do que ainda virá, pois agora está atingindo diretamente a meus filhos, e não terei condições de sair da mansão, pelo simples capricho dela. A cena que tivemos há pouco foi terrível! Ameaça ir à minha casa e eu não sei o que fazer!

– A situação é realmente difícil por causa das meninas! – concluiu a senhora.

– Elas são boas, diferentes da mãe e muito dóceis!

– Mas, criadas num ambiente desses, poderão mudar muito! Contudo, não é isso que o preocupa agora. Veja, senhor Paulo, a que situação são levadas muitas pessoas, por pequenos momentos de prazer!

– Tem razão, mas já está feito, e não vejo nenhuma saída!

– Já pensou em confessar tudo à sua esposa?

– Ela não me perdoaria, e não quero perder o amor nem o respeito de meus filhos.

– Não sei como conseguiu manter sigilo até agora, sendo ela como é!

– Agora ameaça-me e tem até passado pela minha casa, desejando falar com algum dos meus filhos.

– Será sofrimento para ambos os lados. As meninas não sabem de sua família, e também se decepcionarão.

– Oriente-me, pelo amor de Deus! Mostre-me um caminho através do qual eu possa ter um pouco de paz!

– Quando temos um problema que nos atormenta, o melhor é nos livrarmos dele, e sei que do seu não poderá livrar-se. Se sua esposa realmente o ama, poderá compreendê-lo e até ajudá-lo. Se ela souber de tudo, sofrerá muito, é certo, terá decepções, mas dependendo da sua atitude, do modo como lhe expuser as suas aflições, ela o ajudará. Não vejo outra solução! Procure em sua esposa a amiga, a mulher compreensiva que, acima de tudo, o ama e quer preservar a família! Fale da necessidade que tem do seu auxílio para superar essa situação difícil. Fale dos tormentos por que tem passado, do arrependimento, que ela poderá compreendê-lo! Não vejo outro meio! Qualquer outro caminho que procurar trilhar, levá-lo-á a abismos mais profundos. Procure, pois, sair do abismo em que se encontra, para ter um pouco de paz!

– Mas, e as meninas, as minhas filhas?

– A solução virá, confie em Deus! Deve lhe falar delas também!

– Tenho muita vergonha!

– No entanto deve enfrentar o problema que o senhor mesmo buscou!

– E quanto ao que está ocorrendo em meu lar, pedido por ela, para que deixemos a mansão?

– Procure resolver a outra parte, primeiro, que esta, depois tentaremos ajudá-lo! Mas não demore muito, para que a situação não se agrave mais, por falta de uma solução equilibrada. Pense nas ameaças da outra, e sabe do que ela é capaz! É muito melhor sua esposa saber por seu intermédio, como lhe aconselhei, pedindo a sua ajuda, que saber por outros meios.

Paulo ouvia o que a senhora ponderava e reconhecia, conquanto amarga e amedrontadora, não havia outra solução.

Se não agisse logo, se aquela mulher sem escrúpulos chegasse antes, ou, o que era pior, abordasse algum de seus filhos, talvez fosse o fim. Nunca lhe perdoariam.

– Tenho muito medo! Ore por mim! Peça a Deus que me ampare, pela Sua misericórdia, que, por mim, sei que não mereço.

– Ore o senhor mesmo, e peça-Lhe que o inspire no momento da conversa, coloque em seus lábios as palavras certas, e que ela as ouça com compreensão! Eu o ajudarei também com minhas preces, mas deve fazer a parte que só ao senhor cabe!

– Agradeço o conforto de suas palavras, a orientação, mas saio muito preocupado e temeroso. Nunca havia pensado, um dia, ter que contar tudo isto a Idalina. Procurei sempre me manter, em meu lar, o mais correto possível, para que ela nunca percebesse, e agora, eu mesmo terei de lhe dizer tudo...

– Faça como achar melhor, mas como veio em busca de orientação, julgo que a verdade deve imperar acima de tudo, ainda mais quando se está sob ameaça, como o senhor.

– Lembrei-me de um outro ponto!

– Não falamos sobre todos?

– Esqueci-me de perguntar se devo falar que ela é a responsável pelos tormentos que passamos, que ela foi quem pediu aquele trabalho que nos amedrontou tanto, sobretudo meus filhos, e deste outro agora.

– É o ponto mais importante! Teve sorte, naquela ocasião, que não quiseram dizer nada! O senhor já sabia, não?

– Sim, e temia muito! Por isso, talvez, tenha me apegado à sua religião, que tem me trazido um pouco de paz, e me impele, agora, a falar a verdade.

– Verá, após a conversa, que o problema é o mesmo, nada mudará em relação a outra, fora do seu lar, mas terá muito mais tranquilidade, porque suas ameaças não mais o atemorizarão. Dona Idalina poderá até dar alguma sugestão que venha em seu auxílio! Ore bastante, peça a ajuda de Deus e faça o que deve ser feito!

Agradecendo, Paulo retirou-se, encontrando no salão a pessoa que a senhora aguardava para a conversa, mas passou por ela rapidamente; apenas com um leve curvar de cabeça, cumprimentou-a e saiu. Entrou no carro. Que rumo tomar? Deveria voltar à indústria, porém, o dia estava quase findando... E se conversasse com Idalina àquela hora mesma? Mas, à tarde, todos os filhos estavam em casa, era difícil. Idalina iria buscar Dulce em casa de Leda, poderia não ter voltado. Sem ligar o motor, ficou algum tempo pensando, não só naquele momento, mas em toda a sua vida.

Ah, se os que saem de casa em busca de sensações passageiras, tão perigosas, soubessem onde colocam os pés! Se soubessem, com raciocínio lúcido, discernir, analisar, quanto sofrimento seria evitado! Quanto tormento desviado! Vislumbrando apenas os momentos de prazer, não avaliam quem irá proporcioná-los. Entretanto, é preciso refletir no alto preço que pagarão por essas sensações extraconjugais, pois o mesmo valor que davam ao prazer, lhes é cobrado, muitas vezes multiplicado, em dissabores.

Essas reflexões, Paulo as tinha feito muitas vezes, mas quando já era tarde demais.

Ligou o motor do carro e resolveu retornar ao lar. Era o único lugar onde estaria melhor. Em companhia dos filhos, o seu pensamento poderia, pelo menos, por alguns momentos, ser desviado.

Quando conversar com Idalina? Precisaria encontrar uma ocasião adequada para que ela pudesse compreendê-lo, sem abalar a família.

Os filhos se surpreenderam com a chegada dele antes do horário habitual. Alegando ter ficado muito tempo com as pessoas com as quais tivera negócios a resolver, preferira voltar para casa sem ir à indústria.

Idalina ainda não havia voltado e ele ficou conversando com os filhos.

– Quando vai me levar à indústria para eu começar a aprender o seu trabalho, papai? – perguntou-lhe Eduardo.

– Agora é diferente, filho! A indústria não é mais do seu avô, é de todos!

– Mas o senhor a administra e eu quero aprender aquele serviço! De início poderei ajudá-lo, como fazia com o vovô, e depois, quando o senhor não puder mais, eu tomarei conta de tudo sozinho.

– Ainda estou moço, filho, e pretendo continuar por muito tempo!

– Não quis ofendê-lo! Sabe que, por mim, eu o teria para sempre, mas não podemos evitar que a vida nos surpreenda, às vezes! – ponderou Eduardo.

– Tem razão! Mas é um pouco cedo! Quando se formar, pensaremos nisso! Não deve desviar a atenção dos seus estudos, com trabalho, ao menos, por algum tempo ainda.

Enquanto arrematavam essa conversa, Paulo sentiu-se abraçado, abruptamente, por Dulce que entrara com Idalina.

– Assustou-me, filha! Como está?

– Até agora estava bem e espero continuar assim!

– Nós também! Não queremos vê-la longe de nós! Esforce-se para ficar aqui conosco! Lute consigo mesma que conseguirá superar o que sente!

– Vou esforçar-me, papai!

Deixando o pai, abraçou os irmãos pedindo-lhes desculpas pelo comportamento que tivera, e tudo parecia ficar em paz.

Paulo tranquilizara-se em relação aos filhos. Dulce voltara feliz e Eduardo parecia estar bem. Mas o seu problema era o pano de fundo que predominava no palco de sua vida, onde dramas tão grandes foram criados e encenados por ele. Contudo, faltava mais um ato, o mais importante que deveria representar, para que drama tão infeliz não se transformasse em tragédia.

12
CONFISSÃO

PAULO CONVERSAVA COM os filhos, mas, intimamente, sentia-se constrangido em olhar para Idalina. Sabia que teria de enfrentá-la e sofria por isso. O seu coração estava desassossegado e temeroso, mas decidira que o faria. Como, ainda não resolvera! Em casa, seria impossível! Mesmo em seu quarto, a sós, às vezes algum filho batia à porta, e seriam interrompidos para atender a qualquer necessidade de algum deles. E Idalina, estaria em condições de atendê-los, depois de ouvi-lo?

Até isso lhe estava difícil! Deveria convidá-la para sair, e, a sós, sem interrupções, contar-lhe tudo. Mas aonde iriam?

O problema era sério e precisava ser resolvido o mais rápido possível, antes que a outra ali aparecesse, fazendo um escândalo, alarmando a todos. Ele pretendia obter da esposa o silêncio em relação aos filhos, porém, se ela não conseguisse compreendê-lo nem perdoar-lhe, apegar-se-ia aos filhos e lhes contaria tudo.

Com todos os riscos, deveria enfrentar a situação, mas entraria nesse campo com as duas possibilidades inerentes a cada conflito: ganhar o perdão da esposa e continuar a vida segura no lar, ou perder tudo, até a família que amava, perdendo com ela o respeito e o amor dos filhos.

A hora do jantar foi tranquila. Os filhos conversavam animados, mas Paulo refletia muito e permaneceu mais calado. A cada minuto que o relógio caminhava, levava-o mais próximo do seu momento terrível.

Após o jantar, os filhos distribuíram-se em suas atividades. Alguns saíram, os mais novos fecharam-se em seus quartos para estudar, Paulo e Idalina viram-se sós.

— Idalina, por que nós também não saímos para um passeio?

— Aonde iremos? – perguntou, meio desanimada.

— Sairemos de carro e andaremos por aí, sem rumo nem destino...

— Estou estranhando esse convite! À noite sempre alega cansaço e pouco aceita as minhas sugestões para sairmos.

— Hoje preciso conversar com você, e não gostaria que fosse aqui em casa.

— Por que isso? Sempre resolvemos nossos problemas aqui.

— Prefiro sair! Vamos! Estou precisando muito da sua ajuda.

— Está me assustando, Paulo.

— Avise as crianças que vamos dar um passeio.

— Está bem. Não demoro.

Sem muita espera, Paulo e Idalina já estavam dentro do carro. A aparente tranquilidade dele não permitiu que ela se atemorizasse. Jamais pensara no assunto que iria ouvir. Sempre tivera o marido na conta de pessoa íntegra e não imaginava nada em referência ao que ele iria revelar. Pensou em problemas na indústria. Alguma exigência de algum irmão quanto à sua administração, mas não deu muita importância.

Paulo dirigia o carro muito ansioso e inquieto. A garganta estava seca e temia não conseguir falar.

Num recanto que reconheceu calmo, sem que lhes oferecesse perigo, encostou o veículo e desligou o motor.

— É aqui que vamos ficar? – perguntou Idalina. – Não estou compreendendo, Paulo!

— Logo irá compreender, mas me ajude a que esse momento não se torne mais difícil do que já o é para mim!

— Fale logo, de que se trata! Já estou com medo!

— Promete que irá me compreender e me perdoar?

– Como posso prometer? Não sei o que me dirá! O que fez que precisa do meu perdão? Sabe que sempre fui sua companheira para todas as horas, que o amo e o ajudarei no que me for possível!

– É justamente em nome desse amor que quero lhe falar. Em nome dessa nossa convivência feliz de tantos anos que rogo a sua ajuda, para que eu possa sair dessa situação tão infeliz na qual me encontro, e que eu próprio busquei pela minha ingenuidade e inexperiência. Promete me ajudar?

– Fale, Paulo! Não me deixe mais ansiosa do que já estou! Fez algum negócio indevido na indústria sem que seus irmãos saibam, para ter lucros maiores e agora sente-se ameaçado ou com remorsos?

– Sinto-me com muitos remorsos e ameaçado também, não da forma que pensa, mas por uma criatura sem escrúpulos, que me envolveu há alguns anos atrás, a quem eu não tive como resistir!

– Fala de outra mulher!?

– Sim, Idalina! Estou numa situação difícil e muito degradante para mim! Quero livrar-me dela, mas não posso. Vive ameaçando abordar nossos filhos, e até ir à nossa casa!

Ao ouvir que se tratava de outra mulher, ela sofreu uma decepção tão grande, um choque tão profundo, que não conseguiu dizer mais nada. Abaixou a cabeça e começou a chorar. Um choro sufocado e muito sofrido. Não ouviu mais nada, nem pronunciou nenhuma palavra.

– Não fique assim, pelo amor de Deus! Fale comigo! Diga alguma coisa! Estou arrependido! Preciso do seu perdão, ajude-me! Compreenda-me! Compreenda o meu arrependimento!

Depois de muito tempo em silêncio, Idalina pôde fazer uma única pergunta:

– Quem é ela?

– Você não a conhece, e é bom que nunca a conheça, tão desumana é!

– Não importa, quero saber quem é e onde mora! Você disse: há alguns anos atrás! Quer dizer que vem mantendo tal relacionamento há anos?

– Não me torne mais difícil a situação! Ajude-me a livrar-me dela! Entenda-me e ajude-me!

– Só me contou porque ela o ameaça! E por que a ameaça de agora, se há anos se conhecem? Por que esse seu medo só agora? Do contrário não pensaria em me dizer nada!

– Há muito tempo quero livrar-me dela e não consigo! Por isso peço o seu auxílio. Tem que me compreender! Imagina que contaria justamente a você se não estivesse arrependido e não precisasse da sua ajuda?

A conversa tomava um rumo não esperado por Paulo. Idalina insistia em saber quem era a outra, e ele não pretendia contar. Ela era decidida, lutava pelo que desejava, e repetia:

– Quero saber quem é ela e onde mora!

– Não direi para preservá-la de situação tão humilhante! Tenho a certeza de que, sabendo, irá procurá-la, e não quero que entre em contato com pessoa de tão baixos sentimentos.

– Quero verificar por mim mesma!

– Apelo ao seu bom-senso! Contei-lhe, pedindo ajuda, não ma negue! Procure manter-se calma, compreenda e auxilie-me! Quem sabe você tem alguma ideia para fazê-la desistir de seus intentos.

– Como poderei formular planos para um terreno desconhecido?

– Pelo que lhe contei, você deve deduzir!

– Mas, tenho a certeza, não me contou nem a metade de todo o problema! Somente falou dela por estar sendo premido, porém não me respondeu: Por que ela o intimida agora? O que deseja, que você lhe nega? O que pretende com todas as ameaças? Que nos abandone e vá morar definitivamente com ela?

– Não é isso! Ela é uma mulher sem sentimentos, e não tem amor por ninguém, apenas interesse!

– Então ela lhe pede alguma coisa que você tem negado!

Como Paulo se mantivesse calado, Idalina continuou:

– Cheguei ao cerne do problema! Vamos, diga, o que ela pretende! Por que o está pressionando?

– Não posso dizer! Só pioraria a situação!

ALMAS A CAMINHO DA REDENÇÃO | 101

– Não existe meia verdade! Ou sabemos da verdade completa, ou tudo o que falou é mentira e tem outras intenções.

– Não devo lhe dizer pelo nosso próprio bem!

– Não terá outra alternativa! Já que começou, terá de dizer tudo! Se pede a minha ajuda, como ajudá-lo se não sei do que se trata?

Muito a contragosto, demorando um pouco, Paulo começou a falar das suas ameaças em procurar seus filhos, em ir à mansão, e do ponto principal – o seu desejo de possuí-la.

– Ah! Então é ela? É ela quem vem ocasionando transtornos e tirando a paz da nossa família? Você sabia quem era?

– Soube-o depois! Ela mesma me contou! Não lhe falei que é uma mulher sem escrúpulos e desumana?

– Onde vive essa mulher? Tem que me dizer!

– No que depender de mim, não direi! Quero preservá-la de situação tão vexatória!

– Enquanto isso vamos continuar sofrendo e nos sujeitando às suas vontades? O que ainda nos estará reservado, Paulo? Esse tipo de pessoa não desiste quando tem um objetivo em mente, e não vê os meios para conseguir os fins que almeja!

– Por isso mesmo não quero que a conheça! Tenho medo de perdê-la! Quero conservar a minha família, da qual nunca deveria ter me afastado, e agora sofro a consequência de atos tão estouvados!

– Deveria ter pensado antes! Agora está feito! Eu também não sei em que posso ajudá-lo e como vai resolver situação tão crítica!

– Queria, Idalina, que me compreendesse! Se não puder perdoar-me, pelo menos entenda-me, não me despreze e ajude-me! Rogo-lhe, também, nada dizer a nossos filhos! Não suportaria vê-los, sabendo que conhecem esse meu problema. Eu perderia o respeito deles. Ao menos isso pode fazer?

– Eu própria não gostaria de lhes dar tal desgosto! Respeitam o pai como um homem digno, como eu própria sempre o respeitei, e não desejo que sofram a desilusão que estou sofrendo, nem que se envergonhem do pai que têm!

– Não fale assim... Eu sou um homem de bem! Apenas errei

como muitos erram, fui fraco e estou sofrendo por isso. Ajude-me a não sofrer mais e a resolver esse impasse. A dois, tudo será mais fácil!

– Deveria ter me consultado há anos atrás, quando disse que ela o envolvia. Deveria ter pedido a minha ajuda para fugir de seus enleios, mas, naquela ocasião, deslumbrado e cego, você não desejava dela se afastar!

– Não seja cruel comigo dessa maneira!

– Como quer que eu seja? Como pensa que está o meu íntimo? Estou, Paulo, arrasada, decepcionada, triste e com muita raiva dela, mesmo sem conhecê-la. Devemos voltar! Estamos há muito tempo fora, e tenho cuidado com as crianças! Voltemos!

– Mas você nada disse que me encoraje, que me dê forças!

– Não tenho condições de dizer nada! Seria exigir muito de mim, neste momento. Só se não possuísse coração nem amor-próprio! Coloque-se em meu lugar para ver como se sentiria! Não sei se teria o controle que estou tendo, para não sair deste carro e andar por aí sem rumo, até cair ao chão de cansaço. Mas penso nos meus filhos, apenas, e se alguma ajuda puder lhe dar, é em nome deles, nada mais! Vamos embora, agora, não desejo ouvir mais nada!

– Controle-se! Não há o que não tenha uma saída! Quando o tempo passar, verá a situação diferente!

– Mesmo que o tempo passe, mesmo que me coloque na situação, como diz, de forma diferente, ainda que aparentemente eu seja a mesma, tanto para você como diante dos meus filhos, eu lhe afirmo: – hoje você derrubou o mundo em que eu vivia, todos os escombros estão sobre a minha cabeça, e sob eles viverei eternamente! A partir de agora, minha vida não mais será a mesma. Poderá sê-lo se conseguir fingir, para quem não me conhece bem. Mas quem sai daqui, para o lar, se é que posso chamá-lo assim, é outra Idalina, a desiludida, a decepcionada, a magoada, a morta, – se assim o quiser – porque morri em cada palavra que me contou!...

Idalina não quis continuar naquele lugar nem mais um minuto, junto de Paulo, longe de casa, e insistia em voltar.

Ele, pelas palavras de profundo sentimento e dor que ela expressou, como a revelação do que lhe ia na alma, nada mais quis dizer também. Não teria coragem, sentia-se culpado de tanto fel que derramara em sua alma e, envergonhado, triste, abatido, ligou o motor do carro e partiram.

Quando chegavam a casa, Paulo novamente apelou:

– Idalina, pelo amor de Deus, diga que me perdoa!

– O que tinha a dizer a esse respeito, já foi dito. Não tenha receio! Quando entrarmos em casa, mesmo anulando-me, mesmo em dores como me sinto, ninguém perceberá nada, não por mim! Quero muito a meus filhos e nunca lhes daria tal desgosto. Agora, se a outra mesma o fizer, aí, não responderei pelos meus atos!

O que dizer? Nada, nenhuma palavra adiantaria! Mas, ainda assim, ao parar o carro Paulo afirmou-lhe:

– Idalina, quem lhe pede perdão sou eu, por todo o sofrimento que estou lhe causando, e quero que saiba – apesar de tudo, de não acreditar depois do que lhe contei, eu a amo e tudo farei para demonstrar esse amor, e o meu arrependimento!

– É bom que encerremos este assunto de vez!

Deixando o carro, a pobre esposa traída caminhou em direção à porta da casa, e entrou, seguida por ele.

Jane e Eduardo estavam na sala, conversando, e até brincaram com os pais:

– Aonde foi o casalzinho querido? – perguntou Jane.

– Ficamos preocupados! Aonde foram? – manifestou-se Eduardo.

– Apenas dar uma volta, filhos! – respondeu Idalina, demonstrando naturalidade. – Seu pai quis sair um pouco e andamos por aí, sem rumo. Foi muito bom!

– Por que ainda não se deitaram? – perguntou o pai.

– Chegamos da rua e ficamos conversando para esperá-los! – explicou Eduardo.

Ninguém percebeu nada. Idalina não demonstrou nem uma

pontinha de dor em sua fisionomia, e logo se recolheu com receio de se condenar.

Deitou-se e não deu ensejo a Paulo de lhe dizer mais nada. Sem conseguir dormir, só pensava, pensava. Tentava relembrar situações, detalhes que lhe confirmassem as revelações do marido, mas nada encontrava. Nunca houve nada, a não ser pequenas viagens de interesse da indústria, reuniões à noite, vez por outra; almoços aos quais não comparecia em casa alegando negócios, nada mais... Sempre soubera esconder bem, mesmo há anos, como dissera, quando o entusiasmo e a ilusão eram grandes. Sempre se mostrara o mesmo marido, o mesmo pai amoroso e, por isso, talvez, o seu sofrimento fosse maior. A decepção do inesperado doía-lhe muito mais.

Paulo tentou falar-lhe, mas ela nada respondeu. Quietinha no seu canto, de olhos fechados, só pensava. Nem chorar conseguiu mais. O que faria diante daquela terrível realidade? Nada! Tinha os filhos e tudo continuaria como sempre. Paulo, o marido dedicado, o pai extremoso e o homem íntegro, tudo continuaria assim...

Muito mais doloroso era não poder repartir com ninguém tamanha dor. Lembrou-se de Leda, sua cunhada e amiga de todas as horas, compreensiva e sensata. Mas nem ela deveria saber. Seria um segredo só seu, enquanto a outra não resolvesse pôr tudo a perder.

13
PROBLEMAS SÉRIOS

A CASA ESTAVA em silêncio. Deveria ser madrugada, tanto tempo Idalina estava deitada, quieta, pensando. Paulo parecia dormir.

Uma batida leve foi ouvida à porta de seu quarto. Idalina apurou mais o ouvido, apesar da mente confusa, e a batida se repetiu.

Levantou-se rapidamente e, ao atender, encontrou Jane com a fisionomia transtornada.

– O que aconteceu, filha?

Segurando o abdômen, como querendo comprimir os músculos para não senti-los, tentava explicar:

– Estava dormindo bem, de repente acordei sentindo essas dores tão fortes!

– Alguma coisa que comeu e lhe fez mal!

– Nada comi de estranho, mamãe! É uma dor diferente e muito esquisita, mais à altura da cintura e reflete também nas costas.

Com a conversa à porta, Paulo levantou-se, ouvindo as últimas narrativas da filha.

– É algum problema agudo, e devemos chamar um médico!

– Não é necessário, mamãe! Fique comigo, em meu quarto, até que passe!

– Esperaremos só um pouco! Se não passar, providenciaremos um médico. Com dores repentinas não podemos facilitar. Pode ser algum mal que exija cirurgia.

– Não diga isso, mamãe! Não me amedronte!

Idalina acompanhou Jane ao quarto, ajudou-a a deitar-se, aconchegou-lhe as cobertas e ficou sentada na beirada da cama, porém, a filha em nada melhorou. Aquietava-se um pouco e, logo em seguida, contraía-se, como se algo muito agudo lhe penetrasse a carne.

– Não vamos esperar mais, querida! Vou chamar um médico!

Tomada essa providência, o médico não se fez esperar muito. Paulo permaneceu junto da filha. Os irmãos não haviam acordado, o resto da casa estava em silêncio...

Exames foram realizados, perguntas efetuadas, e dor tão profunda e aguda não respondia ao toque do médico, como se nada de anormal existisse.

– Diante disso – ponderou ele – é necessário tirarmos algumas radiografias. Não podemos deixá-la assim, sem sabermos o que há.

– Teremos de levá-la ao hospital, doutor? – indagou a mãe, preocupada.

– Sim, e é bom que seja imediatamente. Nunca se sabe!...

Apressaram-se em atender ao pedido do médico, mas Idalina não quis sair sem avisar, pelo menos Eduardo.

Ele correu ao quarto da irmã, manifestando o desejo de acompanhá-la, mas o pai pediu-lhe que ficasse em casa. Seria melhor.

Antes de chegarem ao hospital, já durante o percurso, Jane começou a sentir-se melhor.

A mãe ajudou-a a sair do carro, e quando ela se viu em pé, não sentia mais nada.

– Já estou bem!

– Está com medo de entrar, filha? É só uma radiografia! Não tenha receio!

– Não estou com medo! Com a dor que sentia, qualquer coisa faria para dela me livrar, até uma cirurgia se necessário fosse!

– Entremos! – chamava Paulo. – O médico nos espera!

Logo foi encaminhada aos procedimentos necessários, embora tivesse avisado de que nada mais sentia.

– Essa crise passou, mas se algo de anormal houver, outras advirão – justificou ele.

As radiografias foram feitas e verificadas imediatamente, como se procede nos casos de emergência, mas nada foi constatado.

– Diante deste resultado, não posso afirmar mais nada. Não sei o que deva ter ocorrido. Os locais onde acusavam dores, estão perfeitos, organismo de jovem sadia! Nada tem! Pode ir para casa descansar de toda essa movimentação, e esteja tranquila, está tudo bem!

Agradeceram a presteza do médico, Paulo saldou os débitos contraídos e voltaram para casa.

Quando entraram, Eduardo os esperava na sala, acompanhado de Sílvio que acordara e ficara sabendo do ocorrido.

Todos foram tranquilizados, e Jane voltou para a cama, levada pela mãe que a aconchegou com as cobertas, beijou-a, pedindo-lhe que procurasse dormir um pouco. Ainda teria algum tempo até a hora habitual de levantar-se.

– Se não estiver se sentindo bem, é melhor que não vá às aulas hoje – considerou Idalina.

– Já estou bem, mamãe! Desculpe-me tanto transtorno, mas não aguentava aquelas dores.

– Não se preocupe conosco, mas consigo própria. Procure dormir e, se precisar novamente, chame-me.

Idalina voltou para seu quarto, aconselhando aos filhos que também o fizessem.

Paulo já havia se recolhido. Viu a esposa entrar, mas nada disse; seria melhor. Tinha medo das suas palavras e do que ele próprio estava pensando.

De início ele nada imaginara, mas quando nenhum diagnóstico foi efetuado, e apenas ao sair de casa, Jane passou a melhorar, sua mente não pôde deixar de ligar-se àquela mulher. Sempre à noite, sempre uma forma de tirá-los de casa, e sabia, não pararia por aí!...

Idalina, deitada a seu lado, também compreendera a fonte do problema da filha, quando nada fora constatado.

Nem meia hora havia passado, e Jane novamente bateu à porta do quarto dos pais, dizendo voltar a sentir as mesmas dores. Apertava o corpo com as mãos, no lugar da dor, e até curvava-se um pouco para se sentir melhor.

— O que poderei fazer, filha? O médico nada atestou! Vamos deitar, eu ficarei com você.

— Não posso ver-me naquele quarto, mamãe! Assim que começou a dor, parece que fui impulsionada a sair imediatamente.

— Impressão sua! Voltemos para lá, eu ficarei com você.

Ajudando a filha, Idalina encaminhou-a novamente ao quarto, colocou-a deitada, mas a jovem sentia-se mal. A dor intensificava-se e sua mente não conseguia ordenar as ideias.

Paulo ouvira a filha retornar, porém achou melhor nada dizer. Jane em nada melhorava.

— Fique quietinha, filha! Comprima o local com as mãos, que a ajudará a suportar.

— Não posso entender o que é isso, se nada foi atestado!

— Também não compreendo. Quem sabe alguma dor muscular que a radiografia não acusou.

— Não pode ser! Essa dor é interna e muito profunda. Se algum mal houvesse, estaria em algum órgão!

— Não fale muito. Procure ficar calma e descanse. Não terá condições de ir à aula. Ficará deitada, pois nem descansou esta noite.

— Não posso perder as aulas de hoje! Se quando saí para o hospital, melhorei, saindo para o colégio, talvez melhore.

— Então fique quieta e descanse mais um pouco. Depois resolveremos este assunto.

Jane obedeceu, mas suas dores não passaram. Amenizavam um pouco e, após, retornavam muito mais intensas, como se os intervalos fossem necessários para adquirir força e se intensificar mais.

Chegada a hora de levantar-se, tentou, mas estava difícil. Teimava em ir às aulas, alegando que Eduardo estaria em sua companhia.

Nenhum argumento a dissuadiu, e o pai dispôs-se a levá-la.

ALMAS A CAMINHO DA REDENÇÃO | 109

Quando Jane, a muito custo, entrou no carro, sentindo ainda muitas dores, a mãe recomendou-lhe cuidado.

– Pode ficar sossegada, eu estarei com ela – tranquilizou-a Paulo. – Se nada melhorar, nem a deixarei descer do carro. Se ela se sentir bem e ficar, da indústria lhe telefonarei avisando.

Mal o carro foi colocado em movimento, afastando-se da mansão, Jane foi sentindo as dores diminuídas e o bem-estar e a disposição retornarem.

Quando Paulo parou defronte ao Colégio, nada mais sentia.

– Então, filha, devo esperar mais um pouco?

– Não, papai. É muito estranho, mas não sinto mais nada. Foi como esta noite quando fomos ao hospital. Estou bem. Avise mamãe que tudo passou e eu ficarei.

– Mesmo assim, se sentir algum mal, não insista em permanecer. Chame um táxi e vá para casa.

– Está bem. Não se preocupe.

Paulo foi embora, avisou a Idalina que apenas ouviu sem estender a conversa nem entrar em detalhes do que ia em sua mente, e Jane ficou durante todo o período, sem nada sentir. Estava um pouco cansada do corre-corre da noite, da falta de dormir, mas nenhuma dor. Quando voltou para casa à hora do almoço, estava bem.

– Hoje à tarde, antes dos afazeres do colégio, quero descansar um pouco e talvez até dormir!... Estou cansada, graças a Deus sem dor nenhuma.

– Deve mesmo, filha. Eu estarei em casa e ficarei com você, se houver necessidade.

– Penso que o pior já passou. Que dor mais estranha, mamãe! Não entendi muito bem.

– É melhor esquecê-la. Se já passou, por que pensar nela?

– Tem razão, mas que foi muito estranha, foi!

Nada ocorreu durante o almoço. Paulo veio fazer a refeição com a família, atento e interessado no desenrolar do incidente com Jane, tranquilizando-se ao saber que ela estava bem.

À tarde, quando se dispôs a descansar para ter condições de estudar, foi só se deitar, aconchegar-se no leito esperando um bom repouso, e as dores voltaram.

A casa ficou transtornada! A mãe e os irmãos à sua volta, cada um querendo providenciar-lhe algum conforto, pouco tinham a fazer. De repente, Dulce, na sua ingenuidade de quase criança, mas muito inteligente, observou:

– Mamãe, sabe o que me ocorreu agora?

– Como posso saber, filha? Fale!

– Estou pensando no que eu própria sentia há dias atrás, e só saindo de casa foi que melhorei! Lembra-se?

– Como não lembrar?

– Pois bem! O Eduardo sentiu-se mal a outra noite, e viu-se em outra casa, em outro lugar! A Jane, como eu, ao sair de casa nada mais sente! O que será isso, mamãe, que está ligado à casa? Haverá algo aqui provocando em nós esses males?

– Não pense nisso, filha! Como a casa teria ligação com o que sentem?

– Eu não sei, mas que é muito estranho, isso é!

– Mas não deve ser em relação à casa!

– Vamos aguardar – considerou Dulce – ainda faltam o João e o Sílvio!

– Não diga isso! – responderam ambos ao mesmo tempo. – Está nos desejando algum mal?

– Estava apenas ponderando, não lhes desejo mal nenhum!

– Mas falou que ainda faltam nós dois!

Desse pequeno diálogo, as falas foram aumentando, perderam o controle, um ofendendo o outro, o ambiente piorando, e Idalina foi obrigada a interferir energicamente, colocando-os fora do quarto, para não perturbar Jane. Mas, mesmo fora, a altercação não parou. Eduardo foi ao encontro deles, retirou Dulce e levou-a a seu quarto.

– Vai recomeçar tudo, Dulce?

– Perdoe-me, Eduardo, mas perdi a razão. Um nervosismo

intenso tomou conta de mim e suponho que deles também. Senti-
-me como há dias atrás!

O ambiente do lar de Idalina estava ficando insustentável. Não
poderia deixar que as ameaças e pedidos da outra os dominassem
de tal forma, para conseguir o que desejava. Ela nunca deixaria a
mansão por nada! Ali era o seu lar, o lugar onde nasceram os seus
filhos e nela manteria a família unida, a todo o custo.

Quando Paulo retornou à tarde, procurou ver Jane que continuava
no leito sem ter podido estudar, e passando muito mal. A mãe dera-lhe
analgésicos, e nada adiantara. As dores arrefeciam um pouquinho e
logo voltavam. Ao se retirar, Idalina seguiu-o, e, deixando Eduardo
junto da irmã, pediu que ele a acompanhasse até o quarto.

– Viu o que arrumou? Você é o único culpado de todo este
estado! – disse-lhe, acusando-o. – Pensa que já não compreendi
a causa das dores de Jane? Precisava ver hoje à tarde, a briga que
houve entre Dulce, João e Sílvio, por nada. Nem eles conseguem
mais se controlar, e qualquer palavra é mal interpretada e motivo
para uma altercação. Como poderemos viver desta maneira? Você
procurou encrenca, agora que se livre dela! Quero paz em meu lar
entre meus filhos! Não suporto mais ver a Jane sofrendo como está!

– Eu sei que sou o causador de tudo pela minha insensatez,
mas não tenho o que fazer! Já a procurei, ameacei-a, mas nada a
demove, e ela até tem me tratado cinicamente, caçoando da minha
ingenuidade!...

– Você merece! Mas eu não tenho nada com seus erros, muito
menos nossos filhos. Dê um jeito nesta situação! Até quando Jane
continuará sofrendo?

– Se no colégio nada sentiu, temos a certeza do que é, e sinto
muito! Se você falasse com Leda, ela poderia dormir lá, e teria,
pelo menos, uma noite mais tranquila.

– Talvez faça isso mesmo! Mas até quando teremos que repetir
essa medida, cada vez colocando um filho fora de casa? O problema
com Dulce, pelo que vimos hoje à tarde, também retornou. Nossa
casa virou um inferno!...

– Tenho sofrido muito, Idalina, mais que vocês mesmos, porque sou o único responsável, sem saber o que fazer! Amanhã procurarei dona Carminda, para ver se ela pode fazer alguma coisa por nós. Mas por hoje, fale com Leda.

Paulo já se sentia culpado, mas agora, diante das acusações da esposa pelos acontecimentos desagradáveis da casa, estava profundamente abatido.

A hora do jantar foi triste e calada. Jane continuou no leito e nada quis comer. Dulce, envergonhada e aborrecida, permaneceu em seu quarto. Os outros compareceram calados e tristes, quase nada se alimentando. Idalina ficou junto de Jane e também não se uniu a eles.

Era a primeira vez que a mesa da refeição ficava tão vazia, tão triste...

Paulo recolheu-se logo após, tentou ler um pouco em seu quarto, orar, mas seus pensamentos impediam-no.

Aquela noite foi muito conturbada, novamente com o problema de Jane e a apreensão dos outros.

No dia seguinte, logo pela manhã, a filha não tinha condições de ir às aulas, e Idalina apressou-se em conversar com Leda, explicando-lhe, em poucas palavras, o que ocorria, pedindo-lhe permissão para levá-la à sua casa. Precisava fazer uma tentativa, para ver se a jovem se aliviava um pouco.

Cansada, sem dormir, o sofrimento de Jane era muito grande. Idalina fez questão de acompanhá-la e não quis que Paulo as levasse, afirmando que ela mesma resolveria aquele assunto.

– Faço o que posso, Paulo, mas a parte mais importante é sua! A outra vez movimentei-me bastante para trazer um pouco de paz para o nosso lar, mas agora compete a você.

– Hoje tentarei falar com dona Carminda.

– É interessante, não, Paulo! – interrompeu-o. – As pessoas procuram sua própria desdita, e depois têm que incomodar terceiros que nada têm com isso, para ajudá-los a livrarem-se do que eles próprios buscaram!...

ALMAS A CAMINHO DA REDENÇÃO | 113

Paulo ouviu sem responder. De nada adiantaria. Deixou-a sair só com Jane, pedindo ao motorista que as levasse.

Em casa de Leda, Jane ainda se sentia muito mal. Contudo, aos poucos, as dores agudas foram amainando, restando apenas o dolorido normal pelo sofrimento contínuo. Até seu humor melhorou, mas Leda insistiu, juntamente com Idalina, que permanecesse deitada, para descansar e dormir um pouco.

Quando perceberam que estava sonolenta, Leda e a cunhada, retiraram-se do quarto. A sós, mais distantes dali, Leda não pôde conter a sua estranheza.

– Idalina, o que vem ocorrendo em sua casa? Parece que nada mais vai bem lá!

– Minha casa virou um inferno!

– Por quê? O que está acontecendo? Quando ouviram aquele barulho e até pensaram que fosse papai, era alguém que desejava tirá-los da mansão, mas tudo se normalizou, e agora, o que é?

Idalina, que não pretendia contar a Leda a verdade do que acontecia em seu lar, não se conteve diante de suas palavras, e aquelas lágrimas, contidas a muito custo diante do marido e dos filhos, irromperam-se todas, assustando a cunhada.

– Não fique assim! Fale, que é melhor, você se aliviará!

Com dificuldade, começou por dizer:

– Apesar de você ter se mostrado minha amiga, eu não queria falar a ninguém, nem mesmo a você, mas tenho sofrido muito! Uma desgraça muito grande está se abatendo em nosso lar, e a minha vida com Paulo desmoronou!

– Não diga isso! Vocês sempre viveram tão bem, o que aconteceu?

O mais sucintamente possível, colocou a cunhada a par de tudo. Se era ela quem a socorria nos momentos de necessidade e desespero, como deixá-la à margem de tais acontecimentos?

– Custa-me a acreditar no que está dizendo! Estou chocada, Idalina! Não imaginava...

– A desilusão é sempre muito maior, justamente quando não esperamos. Tenho sofrido muito e, desde que Paulo me contou, nem mesmo sei como tenho me aguentado. Além de tudo, a pretensão daquela mulher é o que está nos fazendo sofrer. Quando é conosco, suportamos, fingimos. Mas se atinge nossos filhos, nós nos transformamos naquela fera quando mexem com suas crias.

— Alguma solução encontraremos. Tenha calma! Quer dizer que os gemidos impostos em sua casa, já eram a pedido dessa criatura?

— Veja o que temos passado, apenas porque ela inventou de querer a mansão!

— Tenha confiança! Se o problema foi resolvido naquela ocasião, o será também agora.

— Paulo disse-me que iria conversar com dona Carminda. Mas, mesmo assim, até quando teremos de sofrer e ir buscar ajuda em quem nada tem a ver com a insensatez dele?

— Ela os ajudará, tenho certeza!

— Até vir outro pedido de forma diferente... Até quando suportaremos?

— Tenha calma, algum jeito daremos. Se eu puder auxiliar, sabe que pode contar comigo.

— Sei disso, e não é por outra razão que estou aqui.

Idalina levantou-se, foi espiar Jane que dormia profundamente, serena, sem dores, e achou melhor voltar para casa. Saía mais aliviada por ter partilhado todas as suas decepções, tristezas e receios.

Teria de voltar a seu lar, mas não se sentia com vontade. Pediu ao motorista que desse uma volta pela cidade e parasse um pouquinho diante do mar, como se quisesse diluir naquelas águas todos os seus problemas.

Diante dele ficou alguns momentos, com os olhos perdidos no seu movimento contínuo e monótono, mas reviveu, em poucos instantes, todas as palavras de Paulo, quando lhe atirou no coração uma dor tão profunda.

Voltando a si do momento e do local, pediu que a levasse para casa.

14
À PROCURA DE SOLUÇÕES

PAULO, SEM SABER o que fazer, viu como única solução para o que enfrentava, voltar ao centro, tentar falar com dona Carminda e esperar ajuda. Já seguira o seu conselho, causando muito sofrimento à esposa que se mantinha irredutível. Em nenhum momento dissera que lhe perdoava, nem que o ajudaria a vencer tal impasse. Apegava-se aos filhos, e o que faria, seria apenas por eles, para que a mesma decepção sofrida por ela não chegasse até eles.

Agora, em vista dos problemas que estavam crescendo no lar, acusava-o e forçava-o à procurar uma solução. Mas o que fazer?

Naquele dia Paulo não voltou para casa no horário do almoço. Comunicou a Idalina essa decisão pedindo notícias de Jane, dizendo que aproveitaria aquele tempo para ir ao centro. Nunca dissera que já havia estado com dona Carminda e que, a seu próprio conselho, lhe contara tudo.

Ela não acreditou. No horário do almoço não a encontraria. Desconfiou logo que procuraria a outra, mas ele não o fez. Não se sentiu com forças para enfrentar o que ela lhe diria ou pudesse exigir, nem saberia fingir diante das meninas, suas filhas. Ao mesmo tempo, queria estar um pouco afastado de casa, e fez sua refeição num restaurante. Avisou na indústria que chegaria mais tarde, tinha resoluções a tomar, e novamente se dirigiu ao centro, à procura de uma solução.

A boa senhora lá estava em conversa com alguém, e pacientemente ele esperou. Esperou muito, e esperaria o quanto fosse preciso, mas não iria embora.

Enquanto aguardava, orou muito. O silêncio do ambiente o favorecia. Sabia que não merecia a ajuda de Deus, mas a implorava pelos filhos, pela esposa, que sofriam por seus atos insanos.

Quando ela terminou e o encontrou esperando, surpreendeu-se.

– Voltou, senhor Paulo?

– Sim! Estou precisando mais do que nunca da senhora!

– Vamos até à sala para conversarmos. Aqui poderá entrar alguém e não ficaremos à vontade.

A essa altura já era tarde, e talvez nem mais voltasse ao trabalho, mas não tinha importância, precisava resolver aquele problema tão urgente e difícil.

– O que houve desta feita?

– Contei, como me aconselhou, tudo à minha esposa, mas não tive coragem de falar das meninas. Ela sofreu tanto, que não quis aumentar mais a sua mágoa. Talvez nunca seja necessário, e assim será poupada de maior sofrimento! O que me traz aqui, com maior urgência, são os problemas que estão envolvendo os meus filhos. Uma das minhas filhas está apresentando dores atrozes, sem que nada tenha sido diagnosticado, e quando sai de casa, melhora.

– Então a outra continua nos seus propósitos e até intensificou os pedidos?

– Eu lhe contei que ela havia encomendado trabalho dos bons e pago caro, conforme, cinicamente, me revelou.

– Pelo que vejo, a situação é muito séria! Enquanto eram apenas espíritos perturbando o seu lar, pudemos ajudá-lo, mas, pelo que me diz, pelo que sua filha sente, não saberíamos como agir. Não sabemos lidar com tal situação. Sei que trabalho é, mas foge à nossa capacidade de ajuda.

– Como, senhora!? Não é realizado por espíritos infelizes que se dispõem a agir no mal, como os que anteriormente estavam em casa?

– Conforme o senhor mesmo disse, ela queria coisa boa e pagou muito caro, não é isso? Eu não diria coisa boa, pelo contrário, muito ruim, e deve ter pago bastante, pois quem trabalha dessa forma não tem piedade e cobra caro mesmo! É um trabalho para o qual se utilizam de instrumentos com o fim de atingir a quem desejam. E, tenho a certeza, cada um do seu lar deve ter um instrumento de referência para ser atingido e fazê-los deixar a casa.

– Estou estupefato e amedrontado, senhora! O que devo fazer? A quem me dirigir?

– Sinto muito, mas foge ao meu alcance indicar alguém que resolva o seu problema. Poderemos ajudá-lo com nossas preces, e até irmos à sua casa, se desejar, mas se não estou totalmente equivocada, nada adiantará. Conheço muitas histórias a esse respeito e sei que é muito difícil.

– Não me deixe ao desamparo, pelo amor de Deus! Ajude-me, indique-me alguém que faça esse trabalho para nulificar o outro!

– Não sei de lugar nenhum, em específico, onde os façam. Quem os realiza, são as mesmas pessoas que os desmancham. Ganham dos dois lados e cobram preços exorbitantes.

– Eu pagarei, senhora! Pela paz do meu lar, pagarei quanto for necessário, basta saber aonde ir!

Paulo saiu do centro, sentindo-se como uma pluma colocada ao vento. Por mais que lutasse não encontrava um lugar seguro e firme para descansar.

Sua mente estava atormentada, suas esperanças perdidas. A quem recorrer? Nunca praticara religião alguma, a não ser ultimamente, que andara lendo por alto *O Evangelho segundo o Espiritismo*, mas nunca se interessara por assuntos religiosos nem os discutira com ninguém. Aonde ir? Sentia-se desnorteado, como se o chão lhe faltasse sob os pés cansados.

Ainda lhe restava algum tempo, até a hora costumeira de voltar ao lar. Não tinha vontade de chegar mais cedo. Pensou em ir à casa da outra, novamente suplicar, mas sabia que seria em vão. Entretanto, se soubesse como agir, quem sabe ela própria lhe daria algum caminho... Tentaria! Dirigindo sem rumo, parou o carro diante de sua casa. As meninas ainda não deveriam ter voltado das aulas e eles poderiam conversar. Esforçar-se-ia para não se irritar, nem perder a paciência e muito menos exigir. Coagida, ela nada diria.

Entrou! Tinha a chave da casa que também era sua, percorreu todos os cômodos, mas não havia ninguém. Sentou-se um pouco, e, sem querer, pousou os olhos em uma caderneta de endereços, junto ao telefone. Levantou-se imediatamente, querendo consultá-la. E se ali estivesse o de que tanto necessitava? O mais rapidamente que pôde, percorreu-a folha a folha. Não havia muitos endereços, nem telefones. Ela, na sua condição, não tinha muitas amizades e não lhe seria difícil.

Relendo folha a folha, de repente, deu com uma frase estranha, – *Conserte a sua vida!* – trazendo também o endereço. Só poderia ser o de que precisava! Anotou apressadamente e colocou o papel no bolso. Continuando a folheá-la, encontrou mais dois endereços, com nomes que identificou como sendo o que desejava. Anotou-os, também, e, quando devolvia a caderneta ao seu local, ela chegou.

– Não imaginava encontrá-lo! Outro dia saiu nervoso. Sabia que não deixaria de vir, só não pensei que fosse tão depressa! Eu sei que você não pode ficar longe de mim, não é meu querido?

Sentando-se a seu lado, foi-se achegando querendo fazer--lhe carinhos que já o repugnavam. Paulo de pronto levantou-se, justificando-se:

– Apenas passei para ver as meninas, esquecido de que elas ainda não teriam voltado!

– Não queira disfarçar! Sei que você me ama e faz todos os meus gostos. A propósito, como estão as coisas em sua casa? Estava ansiosa para saber e quase fui até lá.

– Estão bem. Tudo se normalizou.

– Não acredito! Devem já estar vivendo num inferno e logo deixarão a casa! Eles afirmaram-me que estavam intensificando o trabalho e logo eu conseguiria o que desejava.

– A quem se refere?

ALMAS A CAMINHO DA REDENÇÃO | 119

– A quem paguei para trabalhar para mim.

– Como você é desumana!

– Desumana, não! Trabalho para conseguir o que quero! É muito simples. Se não desejam sofrer mais, faça o que lhe peço e ficarão livres!

– Até inventar outra coisa!...

– É, pode ser!... Vejamos o que eu poderia querer depois!... Talvez tomar conta da sua indústria, ou tê-la toda para mim!

– Você é uma desvairada! Não sabe o que diz!

– Você é que não sabe com quem está lidando!

– Sei e muito bem! Só lamento ter me deixado enredar por você e lamento pelas meninas tê-la como mãe.

– Não fale assim! Nunca coloque as nossas filhas contra mim, que você não sabe o que pode lhe acontecer!

– Penso que já ouvi o bastante e vou-me embora! Diga a Célia e Celina que lhes deixei um beijo, mas não pude esperá-las!

– Se me der vontade, direi!

Paulo saiu de lá mais esperançoso. Levava três endereços de locais que poderiam, talvez, atendê-lo, sem que tivesse exposto o problema de seu lar a ninguém.

Aquele dia já havia sido estafante, e ele não tinha disposição de ir à procura de nada. Deixaria para o dia seguinte, e, com a mente mais tranquila, faria o que precisava. Temia cair em mãos de charlatães, mas precisava correr o risco.

Havia prometido à Idalina conversar com dona Carminda, porém, como lhe dizer que ela nada poderia fazer por eles, dado o tipo de trabalho que fora realizado? Como colocá-la a par de que um trabalho muito diferente e, talvez, mais perigoso, estava envolvendo toda a família? Só serviria para deixá-la mais nervosa e acusá-lo mais.

O melhor seria dizer que não a procurara, mas não deveria continuar a mentir. Precisava usar de franqueza e contar-lhe tudo, falando até dos endereços que trazia consigo e como os havia conseguido. Talvez ela entendesse e o ajudasse, compreendendo a sua sinceridade e desejo de se ver livre de tal situação. E se a convidasse para acompanhá-lo?

Nesses pensamentos chegou a casa, onde o ambiente estava conturbado. Novamente a impaciência e a incompreensão tinham tomado conta dos filhos e eles haviam brigado muito. Não haviam conseguido fazer as obrigações escolares e encontravam-se tensos.

Jane desejava voltar para casa, sentia-se bem, mas Idalina relutava. Consultado, Paulo achou que ela deveria, para uma última comprovação.

— E fazê-la sofrer novamente? Não chega o que houve entre nossos filhos, hoje? O ambiente da casa está terrível, mas ela quer voltar.

— Pois vá buscá-la, ou mande o Eduardo com o motorista! Deixe-o ir, que preciso conversar com você sobre o que fiz hoje!

— Resolveu alguma coisa?

— Precisamos conversar e lhe contarei tudo!

Idalina concordou com o marido e pediu a Eduardo que fosse buscar a irmã. Dulce manifestou desejo de acompanhá-los, e, assim que saíram, ela foi ao quarto, onde Paulo a aguardava.

— O que aconteceu de importante para querer falar-me? Que providências tomou para que a paz volte ao nosso lar?

— Estive no centro conversando com dona Carminda, mas, pelo que narrei, ela concluiu que desta vez é um trabalho diferente e foge à sua capacidade de ajuda!

— Por quê? Não são espíritos que o realizam?

— Sim, mas disse-me que a pessoa encarregada de fazê-los usa de instrumentos. Eu não compreendi muito bem, e ela também não quis entrar em detalhes, recusando-se até a indicar-me alguém que pudesse nos ajudar.

— Continuamos, desse modo, à mercê da vontade daquela que quer nos expulsar desta casa, até que resolvamos deixá-la?

— Isto é o que ela pretende mas nunca conseguirá! Quando deixei o centro, desesperançado, desiludido, não sabia o que fazer. Pensei

ALMAS A CAMINHO DA REDENÇÃO | 121

em voltar a falar com ela, mas não contava com o que ocorreu, e penso até que tenha sido a ajuda de Deus para nós.

– Deus não se coloca nisso, se nem dona Carminda o quis!...

– Não foi questão de não querer! Ofereceu-se para voltar aqui, fazer preces, mas dado o tipo de trabalho, eles não sabem como agir! É só quem faz que os desmancha!

– E como vamos saber quem fez? Se aceitam tal empreitada por dinheiro, fazem e desfazem quantas vezes forem solicitadas, desde que o dinheiro vá à frente!

– Tem razão, mas temos que nos submeter!

– O que aconteceu, então?

– Já lhe falei que ela é má, desumana e nunca me confessaria onde foi, por mais que eu insistisse. Mesmo assim, no meu desespero, novamente a procurei, tentando tirar-lhe qualquer indicação. Mas, por sorte, quando cheguei a sua casa, ela não estava. Entrei...

Nesse momento, Idalina, que se contivera até então, interrompeu-o, exclamando:

– Poupe-me desses detalhes, por favor!

Paulo, encabulado, calou-se um instante, mas precisava continuar:

– Perdoe-me, Idalina, mas quero lhe contar! Enquanto a aguardava, dei com uma caderneta de endereços que folheei rapidamente, e anotei três locais, que concluí, devem ser para tais serviços.

– E com isso aproveitou para visitá-la?

– Não me condene! Só fui premido por essa contingência! Já lhe confessei que ela não representa mais nada para mim! Talvez nunca tenha representado, e eu não soube perceber.

– E agora temos que sofrer pela sua ingenuidade e inexperiência!

– Curvo-me diante dos meus erros e me penitencio, esperando a sua compreensão...

– O que fez com os endereços?

– Já era tarde e apenas tenho-os comigo! Nada fiz, mas quero procurar esses locais amanhã, e gostaria que me acompanhasse, para entender o quanto estou sendo sincero com você!

– Não desejo ir a lugar nenhum dessa natureza! Já contei tudo a Leda. Ela devia saber, uma vez que sempre a incomodamos quando precisamos tirar nossos filhos de casa.

– Sentir-me-ei envergonhado diante dela agora!

– O que importa a você é que os outros não saibam, não a ação em si! Deveria envergonhar-se do que fez, e não do conhecimento que as pessoas tomem do fato! Ele nada muda por isso. O mal é sempre mal, revelado ou não!

– Não fale assim! Quando a nossa casa retornar à paz, você também me compreenderá.

– Gostaria muito de falar com essa criatura.

– Jamais eu a exporia a tal situação! Se a conhecesse, quereria estar o mais longe possível de sua grosseria e impiedade.

Enquanto conversavam, deu tempo para que Jane voltasse e já estivesse batendo à porta do quarto dos pais.

A alegria de vê-la bem, foi grande.

– Como está, filha? – perguntou-lhe o pai.

– Depois que saí de casa, nada mais senti! O que há aqui, papai, que tantas coisas ruins nos têm acontecido?

– Nada, filha! Talvez estejamos passando por alguma fase difícil, mas devemos ter paciência, logo passará. Nada há que não termine, tenha confiança. Veja que já está boa!

– Até quando? Quis voltar, mas sei que as dores também poderão retornar!

– Não fique pensando nelas! – aconselhou-a a mãe. – Ore bastante e peça a Deus para protegê-la, que nada acontecerá.

– Orei muito, já, e de nada adiantou.

– Deve ter adiantado, filha, não sabemos! Nossas preces nunca são perdidas, se as fazemos com amor – explicou-lhe o pai.

– Bem, vamos sair daqui, que é hora do jantar – convidou-os Idalina.

Aquela noite foi mais tranquila. Jane sentiu-se melhor, mas

Dulce estava muito amedrontada sem saber por quê. Logo que se deitou, enquanto os pais ainda estavam acordados, levantou-se e foi à procura deles.

– Não sei o que é, mas sinto um medo muito grande em meu quarto! Quando me deitei, pareceu-me que alguém me observava rindo muito.

– De onde tirou essas ideias, filha? – perguntou-lhe a mãe.

– Não são ideias, são sentimentos!

– Você viu alguma coisa? – indagou-lhe o pai.

– Nada vi, mas senti! Quando me levantei assustada, parece que riram mais!

– Deve ser impressão sua, por todos os transtornos que estão acontecendo em nossa casa.

– Não gostaria de dormir lá, mamãe!

– Se quiser, tome um quarto de hóspedes!

– E ficar sozinha do mesmo jeito?! Não posso dormir com Jane?

– Mas lá só tem uma cama!

– Dormirei no chão mesmo, para dar menos trabalho!

– Fale com sua irmã, filha – aconselhou-a o pai. – Se ela concordar, levarei seu colchão.

O resto da noite foi tranquila e Dulce dormiu no quarto de Jane, nada mais sentindo.

Pela manhã, antes de sair, Paulo ainda insistiu com Idalina:

– Não vai mesmo comigo aos endereços de que lhe falei?

– Jamais iria a um lugar desses, ainda mais em situação tão humilhante! Se não quer ir sozinho, convide Leda. Ela ficará satisfeita em acompanhá-lo.

– Talvez faça isso mesmo!

– Pretende ir agora pela manhã?

– Não sei! Já me ausentei da indústria ontem, a tarde inteira...

– Telefone a Leda que ela o acompanhará! Nada precisa esconder, já lhe contei tudo! Era necessário que ela soubesse, e eu precisava, também, partilhar o meu sofrimento.

– Cada vez que fala assim, sinto-me mais culpado!

Nenhum dos dois disse mais nada e Paulo retirou-se, levando a sugestão de convidar a irmã para acompanhá-lo.

Nesses lugares estranhos, é bom ter-se alguém mais conosco, não por medo, mas para colaborar na observação e entendimento, pensava ele.

Na indústria, desembaraçou algumas atividades pendentes do dia anterior, e, após, comunicou-se com a irmã. Estava constrangido, mas ela era compreensiva e não o acusaria. Contou-lhe o que pretendia, e ela assentiu, dizendo-lhe que gostaria muito de ver um desses locais, e, na companhia dele, imbuído de objetivos nobres, não teria importância. No final da tarde, por volta de quatro horas, iria buscá-la.

Leda achou tarde, se deveriam visitar três lugares. Mas talvez não fosse necessário, caso conseguisse o seu desejo logo no primeiro, justificou Paulo.

Ele pediu que não fizesse comentários a respeito, nem mesmo com o marido, e, à hora aprazada, a irmã já o aguardava ansiosa, e ele, sem se fazer esperar, chegou.

Nada comentaram sobre o que Idalina lhe havia contado, mas o assunto principal girou em torno dos problemas que ocorriam na casa e da ajuda que buscariam.

– Já sabe aonde ir primeiro, Paulo?

– Como não conhecemos nada, vamos pela ordem dos endereços.

Rodaram bastante, os lugares eram afastados, mas eis que conseguiram chegar ao primeiro.

Nada de estranho. A casa era comum, simples, parecendo uma moradia pobre. Leda desceu antes e pediu a Paulo que esperasse no carro.

Ao bater, uma senhora atendeu-a, perguntando o que desejava.

– Estamos com problemas, eu e meu irmão, ali do carro. Soubemos que aqui poderíamos obter alguma ajuda.

– Da parte de quem a senhora vem?

– Uma amiga indicou-me esta casa, dando-me o endereço.

– Pode chamar seu irmão e entrem!

Paulo, a um sinal de Leda, deixou o carro e entraram, acompanhando a senhora que os levou a um pequeno quarto cheio de objetos e imagens, próprios para a realização dos seus trabalhos.

– Qual a necessidade dos senhores? O que desejam resolver?

Paulo, esperto, não expôs de pronto o seu problema, apenas fez-lhe algumas perguntas, acrescentando que um dos seus filhos precisava de ajuda.

A mulher, ouvindo-o, indagou-lhe:

– Que espécie de ajuda desejam? O que ele pretende?

– A senhora consegue o que as pessoas pretendem?

– Depende do quê! Pedimos e sempre somos atendidas! Às vezes os jovens desejam arrumar casamentos, outros desejam desembaraçar negócios, e temos conseguido!

– Como é o seu trabalho?

– Isto não posso revelar. Trabalho aqui, como vê. Oro e faço os meus pedidos. Sempre tenho sido bem-sucedida.

– Quanto devemos lhe pagar para o que desejamos?

– Não cobro muito caro. Os senhores veem, preciso de velas para os pedidos e também preciso viver, mas não cobro muito...

– O que a senhora me diz quando uma pessoa aparece com uma dor muito forte, estranha aos médicos que nada conseguem diagnosticar, e não passa com nada, a menos que a pessoa deixe o lugar onde se sente mal. Mas, se voltar, a dor retorna e até mais forte! – perguntou-lhe Paulo.

– Quem está assim?

– É um amigo meu. Pergunto por curiosidade, porque ele está pensando que alguém lhe tenha feito alguma coisa para sentir-se assim. Não é o nosso caso.

– E qual é o caso de vocês, até agora nada me disseram!

– A senhora não respondeu à minha pergunta.

– Eu nada sei sobre isso. Há pessoas que realizam esse tipo de trabalho, sim, mas eu não saberia lhe dizer como.

– Uma vez contaram-me que, para ele, – interferiu Leda – utilizam-se de instrumentos. Que instrumentos são esses?

– Nada posso lhes dizer a esse respeito, não é o meu modo de trabalhar.

Paulo, ouvindo-a, concluiu que ali nada havia do que precisava e, para não perder mais tempo, deixou-lhe uma quantia em dinheiro, prometendo voltar. Leda compreendeu e, sem dizer nada, acompanhou-o.

Nada do que precisava seria ali resolvido. O lugar a que deveria ir, talvez fosse mais requintado. O preço era alto e o trabalho diferente.

Saiu em busca de outro dos locais e, pelo que conhecia da cidade, o próximo seria aquele que trazia o chavão – *Conserte a sua vida!*

Paulo dirigiu através de ruas e vielas, mas deixou a região mais pobre, chegando a uma rua de maior movimento, que verificou ser a mesma do endereço.

Andando com cuidado, Leda ia examinando os números, até que encontraram o que desejavam. Alguns carros de alta categoria estavam estacionados à porta, inclusive um táxi que esperava por cliente.

Entraram. Numa sala pequena, algumas pessoas aguardavam o momento de serem atendidas. Perguntaram se demoraria muito, e uma atendente informou-os de que trabalhavam com hora marcada, e deveriam esperar, desde que nada fora reservado.

Paulo sentia-se envergonhado. Olhava as outras pessoas, sorrateiramente, como querendo esconder-se, mas não iria embora. Teria de resolver aquele assunto a qualquer custo.

Passados alguns instantes, a cliente que estava sendo atendida saiu e passou por eles sem olhar para ninguém. Paulo assustou-se, virando o rosto com medo de ser reconhecido e ser causa de um escândalo. Ela passou, tendo seu olhar em direção à porta de saída e não o viu.

Leda, que a tudo observava, curiosa para ver quem frequentava tais lugares, olhou-a muito bem, mas não lhe passou despercebida a atitude de Paulo.

Quando ela deixou a sala, seguida pelo seu olhar, Leda voltou-se e perguntou baixinho:

– Você a conhece?

– É ela, Leda! É ela!

– Ela quem, a outra?

– Sim, é ela! Estamos no lugar certo, e, graças a Deus, não me viu!

15
IMPREVISTO

NENHUMA PALAVRA MAIS foi trocada, e duas das pessoas que esperavam, foram chamadas para entrar, restando apenas mais uma, Paulo e Leda.

Passados alguns instantes da retirada da outra, um barulho forte com um tumulto inusitado começou a ser sentido, vindo da rua. Logo mais, uma pessoa meio desarvorada entrou naquela sala, cuja porta permanecia aberta à semelhança de consultório, dizendo que, na esquina próxima, um acidente muito feio havia ocorrido. Um caminhão, fazendo o cruzamento em grande velocidade, colhera um táxi que dali havia saído, arremessando-o do outro lado da rua, de encontro à parede. Os seus ocupantes, o motorista e uma senhora, estavam muito feridos, quiçá, mortos.

O estado de nervosismo da pessoa mostrava que a situação era muito grave.

Quando ela terminou a sua narrativa, Leda perguntou-lhe se a senhora do táxi era a mesma que tinha saído há pouco dali.

– Sim, eu estava do outro lado da rua e vi! Fui até lá e voltei para saber se alguém aqui a conhece. Ela está precisando de auxílio! – e, dirigindo-se a Paulo e ao outro consulente, perguntou: – Alguém aqui a conhece?

Paulo, ouvindo suas palavras, levantou-se imediatamente, e, chamando Leda, exclamou:

– Vamos verificar, Leda! Pode ser ela!

Correram até lá, onde grande número de pessoas circundavam o carro, sem que ninguém o tocasse, e ele pôde comprovar que era ela mesma, desmaiada ou morta, esvaindo-se em sangue.

A polícia não tardou a chegar, confirmando que ambos, motorista e acompanhante, estavam mortos.

Paulo ficou desorientado. Não sabia se voltava ao "consultório", ou ficava na companhia dela. Nem mesmo sabia se se identificava, dizendo que a conhecia.

No primeiro momento não conseguiu pensar nas consequências que, desse fato, adviriam. Não se lembrou de que ela era sozinha. Com a perda dos pais, se mudara para aquela cidade com mais recursos de subsistência, e não sabia se algum outro parente restara que, nesse particular, ela nunca tocara. Não pensara que, com a sua morte, os problemas por que passavam poderiam ser solucionados, mas teria que enfrentar outros, muitas vezes mais sérios.

– O que farei, Leda? Estou sem ação... Digo que a conheço e tomo as providências necessárias, ou deixo-a entregue às autoridades competentes para as iniciativas.

– Não a deixe ao desamparo! Pelo menos sabe que é a última vez, e depois estará livre de tudo isso.

– Meu Deus! – exclamou. – Como pude esquecer?!

– O que aconteceu, Paulo? De que está falando?

– De algo terrível, Leda! Muito terrível que terei de enfrentar!

– O que é?

De cabeça baixa, mais preocupado que consternado, disse-lhe:

– Preciso tomar as providências por causa das meninas!

– Que meninas, Paulo? Do que está falando?

Sem responder, abriu caminho entre os curiosos que aguardavam a polícia retirar os corpos do carro, e apresentou-se como um conhecido da vítima. Queria auxiliar, e, assim que o corpo fosse liberado, ficaria por sua conta.

A polícia orientou-o quanto ao procedimento, e ele retirou-se.

O corpo, depois de passar pela perícia policial, seria enviado ao local destinado para o velório.

Leda, muito indagadora, esperava-o, sem nada entender.

– O que você quis dizer, Paulo? O que está acontecendo? Quem são as meninas?

– Vamos sair daqui! Vamos embora!

– Não fará a consulta?

– Hoje não! Nem mesmo sei se será mais preciso!...

– Conte-me, então, o que aconteceu com você!

– No carro eu contarei! Preciso muito da sua ajuda!

– Como vou ajudá-lo?

No carro, mesmo antes de colocá-lo em movimento, Paulo falou-lhe das duas filhas que tinha fora do lar e que não sabiam da sua verdadeira família; sempre lhes dissera que trabalhava fora, justificando a sua pouca permanência em casa.

– Paulo, sei que não é o momento, porém, se nada lhe havia falado ainda, não posso deixar de fazê-lo agora, tão indignada estou. Nunca pensei que você fosse tão insensato e inconsequente!

– Não me defenderei, Leda, mas nem sempre temos a força suficiente para resistir a certas tentações, e depois somos obrigados a arcar com problemas terríveis e de difícil solução.

– O que fará, então?

– Não sei ainda, todavia, devo procurar minhas filhas e contar--lhes o que houve. Elas não têm mais ninguém aqui!

– Como ficarão? Você terá que se responsabilizar por essas meninas!

– Nada revelei a Idalina sobre elas O seu sofrimento foi tão grande pelo que lhe contei, que não tive coragem.

– Isto tudo é muito grave! Não queria estar em seu lugar!

– Preciso de sua ajuda! Vamos comigo procurá-las! Já devem ter voltado das aulas!

– O que lhes dirá?

– A verdade! Que a mãe delas sofreu um acidente muito grave e perdeu a vida!

– Elas sofrerão muito. Certamente não sabem a mãe que têm. Além disso, são crianças e não percebem certas coisas, mas mãe é mãe! Elas não poderão ficar sozinhas. Você precisará lhes dar amparo e companhia.

– Nunca pensei que tal desgraça pudesse se abater sobre a minha cabeça!

– São as consequências dos atos impensados! Mas resolva logo que já estão levando o corpo. As pessoas estão se retirando, olhe!

– Talvez seja melhor esperá-lo, eu tomarei as providências e depois lhes levarei a notícia!

– Enquanto isso elas ficarão sozinhas?

– Como fazer, então?

– Vamos até lá, conte-lhes tudo, e, enquanto sair para as medidas necessárias, eu lhes farei companhia! Depois você irá buscá-las, e eu voltarei para minha casa.

– Fará isso por mim?

– É preciso! Depois tem que pensar em Idalina.

– De lá você lhe telefona dizendo que houve um imprevisto e vamos demorar, mas que está tudo bem!

– Como dizer que está tudo bem?

– Se disser o contrário, será pior, pois não estarei lá para lhe dar explicações. Quando voltar, terei de enfrentar a realidade e falar com ela!

– E amanhã, já pensou? Após os funerais, o que fará?

– Não quero pensar nisso agora! Os problemas do momento já são suficientes. Vamos embora!

Colocando o carro em movimento, eles partiram.

Apesar das preocupações, ou, talvez, pela surpresa de acontecimento tão funesto, Paulo não tinha ainda conseguido avaliar-lhe as consequências.

Parentes, não sabia se ela os possuía, e, mesmo se houvesse, nunca se responsabilizariam por crianças que nem conheciam. Desde que deixara a sua cidade, nunca mais retornara. Dizia não querer ligação nenhuma com um passado de dificuldades. Mesmo irmãos, nunca dissera se os tinha ou não.

Diante disso, as crianças precisariam ficar sob a total responsabilidade do pai, o único que conheciam e poderia proporcionar-lhes amparo e proteção, e até o conforto da sua companhia, uma vez que não contariam mais com a mãe.

Ser-lhes-ia difícil, mas, para Paulo, aquele momento teria implicações futuras muito problemáticas, nas quais ele próprio se recusava pensar.

Ao chegarem, Paulo desceu do carro e convidou a irmã para acompanhá-lo.

– Quem dirá que eu sou? – indagou Leda.

– A verdade! Que é minha irmã!

– Não quero nem pensar em tudo o que irá acontecer, depois!

– Resolvamos os problemas do momento, por agora!

– Parece que está tentando se isolar, e recusa-se a pensar neles!

– Não me recuso, é que as resoluções e providências mais imediatas já são tantas, que me encontro meio aturdido! Nunca pensei que isso pudesse acontecer!

– Bem, não adianta ficarmos aqui falando à toa! Entremos!

Quando Paulo abriu a porta, as duas já estavam em casa e se surpreenderam. Correram para abraçá-lo e ficaram olhando para Leda.

– Esperávamos mamãe, mas foi você quem chegou! Ela saiu e, quando voltar, ficará muito contente de encontrá-lo! – disse-lhe Célia.

– Quem é essa senhora, papai? – perguntou Celina, depois que ambas se soltaram de seu pescoço. – Estava com muitas saudades de você! Vai ficar desta vez?

– Venham aqui comigo, as duas, que preciso lhes falar. Esta senhora que me acompanha é minha irmã.

– Não sabíamos que tinha uma irmã! Você nunca nos contou! – disse-lhe Celina.

Falando e abraçando-as, colocou-as sentadas e contou-lhes o

que havia ocorrido. Disse-lhes que ficara preso no trânsito por causa de um acidente, e, descendo do carro para ver mais de perto, se deparara com a triste surpresa de encontrar a mãe delas ali ferida. Os socorros imediatos haviam sido providenciados, mas ela não resistira a choque tão violento.

As meninas desesperaram-se, querendo saber onde a mãe estava. Paulo procurou acalmá-las, dizendo-lhes que iria saber se o corpo já havia sido liberado – necessidade exigida pela lei – mas que sua irmã lhes faria companhia. Depois de tudo acertado, viria buscá-las para vê-la.

O momento foi de enorme desespero, de comovente tristeza, mas conseguiu desincumbir-se da tarefa, saindo em seguida.

Em mais ou menos uma hora estava de volta, encontrando-as um pouco mais calmas pelo conforto que Leda lhes transmitira. Ela telefonou a Idalina como Paulo pedira, mas foi difícil lhe falar, por sua insistência em saber qual o imprevisto, e porque Paulo mesmo não lhe telefonara.

Quando retornou, levou as meninas junto da mãe, ainda tendo a companhia de Leda. Ficou um pouco com elas, mas, depois disse-lhes que precisava sair, pois sua irmã tinha um compromisso e precisava levá-la. Logo mais voltaria e ficaria o tempo todo.

– Amanhã, Paulo, à hora dos funerais, quero dar um jeito de vir! – disse-lhe Leda, ao deixarem o local. – Você precisará de uma amiga. O que vai fazer agora?

– Depois de deixá-la, vou para casa, converso com Idalina e volto. Devo passar a noite com elas.

– O que lhe dirá? Vai falar das meninas?

– Não sei! Dependerá do rumo que a conversa tomar!

– Isso vai levar muito tempo! Não deve deixar as meninas sozinhas, esperando tanto!

– Procurarei ser o mais rápido que puder e mais tarde levá-las-ei de volta para casa, para dormirem um pouco.

– E deixará o corpo sozinho?

– Isto não importa mais!

ALMAS A CAMINHO DA REDENÇÃO | 135

Assim falando, o carro parou em frente à casa de Leda.

– Tem razão! Vá, e que Deus o ajude a resolver situação tão conflitante!

– Obrigado, Leda! Já sei que tenho em você não só uma irmã, mas uma verdadeira amiga.

Paulo deixou-a em casa, onde todos estavam preocupados pelo adiantado da hora, mas ela deu-lhes uma desculpa.

Em casa de Paulo ainda não haviam jantado para esperá-lo, e ficaram contentes ao vê-lo chegar. Curiosos, queriam saber o que havia acontecido.

– Esta não é a primeira vez que me ausento no horário das refeições. Pessoas de negócios nunca têm horários, apesar de que procuro fazer os meus. Mas, por mais que me esforce, nem sempre consigo. Eu não vou jantar, preciso sair novamente e não posso perder muito tempo. Só passei para mudar de roupa.

– Ah, papai, vai sair outra vez? – indagou Dulce, meio decepcionada.

– Sim, filha! Tenho assunto importante que precisa de minha presença! – e, chamando Idalina, pediu-lhe: – Venha comigo e veja-me uma roupa!

Ela acompanhou-o, ansiosa para saber os acontecimentos e, quando entraram e fecharam a porta, Paulo, aflito, disse-lhe:

– Idalina, aconteceu uma tragédia, hoje!

– O que houve?

– Quando estávamos aguardando a nossa vez, num dos lugares a que fomos...

Contou-lhe tudo, até a morte e as providências que tomou em relação ao corpo, mas nada ainda dissera das meninas.

– Isso não é tragédia, Paulo! É uma bênção, Deus ter levado criatura tão perversa!

– Não diga isso!

– Então você a amava!?

– Não se trata disso, sabe que não é verdade! Mas ver uma pessoa na situação em que eu a vi, choca-nos muito! Acontece,

Idalina, que há uma outra parte que nunca tive coragem de lhe dizer, mas temos duas meninas!

– O quê!? Tem a ousadia de me dizer isso? Então o caso era muito mais sério do que quis me demonstrar? Tenho nojo de você, Paulo!

– Pelo amor de Deus, não fale assim, peço-lhe, por tudo o que representamos um ao outro!

– Você, para mim, não representa mais nada!... Não quero mais saber de você!

– Não diga isso, compreenda-me! Estou vivendo um momento muito difícil!...

– Que você mesmo buscou! Como pensa que estou me sentindo, sem nunca ter feito nada de errado? Como se sentirão seus filhos quando souberem que têm mais duas irmãs?

– Eu sei, o problema é sério e eu preciso de você! Compreenda-me!

– Saia da minha frente! Vá cuidar das suas meninas e deixem-nos em paz!

– Preciso ir agora! Invente uma desculpa a nossos filhos, e depois, com tranquilidade, resolveremos tudo! Procure pensar com calma e, em outra ocasião, voltaremos a conversar!

– Não sei se voltarei a conversar com você! Vá embora!

16
AGRAVAMENTO DO PROBLEMA

PAULO RETIROU-SE ARRASADO, mas sabia-o, era merecedor. Não se revoltava com Idalina, mas saía triste pela incompreensão que ela demonstrava.

Dirigindo seu carro, atormentado por tantos problemas que lhe caíram sobre a cabeça como verdadeira avalanche, compreendia, ele a fora preparando com cada ato impensado que praticara. Tinha que suportá-la, o peso era grande, porém, era o resultado da sua própria construção.

Quando construímos nossos atos alicerçados na honestidade, na moralidade, no respeito familiar e humano, pisamos em terreno seguro e caminhamos com a paz e a tranquilidade que dia a dia soubemos edificar. Mas, se em cada ato por nós praticado, trabalhamos o nosso terreno íntimo em busca dos prazeres momentâneos, vamos, sem que atinemos, corroendo-o em suas bases. Não poderemos nos queixar, depois, quando a avalanche que paulatinamente fomos construindo, desabar sobre as nossas próprias cabeças.

Idalina tinha razão, pensava. A desilusão que sofrera fora muito grande. Tivera também o seu mundo desmoronado, não pelos próprios atos, mas fora atingida pelas consequências das más ações cometidas por ele.

Colocava-se também em seu lugar, e indagava-se: – Se os papéis fossem invertidos, conseguiria eu suportar algum deslize da parte dela? Seria capaz de perdoar-lhe, sabendo-a em desrespeito à moral familiar? Com certeza não seria!

Ambos são iguais! Espíritos em romagem pela Terra, aqui estão para progredir através dos resgates e das tentações sublimadas. Os direitos são idênticos e, a cada um é cobrado de acordo com seus atos, não importa sejamos homens ou mulheres. Por que um espírito, bastando encarnar em um corpo masculino, desfrutaria aqui de certos privilégios que o sexo lhe conferiria? Onde estaria a justiça de Deus que permitiria ao homem agir contra a moral e o respeito à família, enquanto condenaria a mulher por atos semelhantes? Diante de Deus, são espíritos imortais e, se temporariamente envergam a condição de homens, isto não lhes dá o direito de se julgarem melhores, superiores, e fazerem o que quiserem. Diante d'Ele todos são iguais, com a mesma parcela de responsabilidade e a mesma culpa pelos atos praticados.

Paulo não tinha o alcance para pensar nessas sutilezas, mas procurou imaginar-se no lugar da esposa, e não sabia se lhe perdoaria.

Chegou aonde as filhas velavam o corpo da mãe, encontrou as duas sentadinhas a um canto, tristes e sós, quase adormecendo. Ele sentou-se perto e acariciou-as. Célia, mais próxima, ficou aconchegada a ele e chorou. Celina, a mais velha, também tristonha, perguntou-lhe:

– Agora que não teremos mais a mamãe, o senhor vai nos levar em suas viagens?

– Amanhã pensaremos! Não se preocupem com isso agora! Procurem descansar! Vou levá-las para casa a fim de dormirem um pouco.

– Não queremos ir! Queremos ficar aqui até a hora de mamãe ser enterrada! Você ficará conosco, não é mesmo?

– Sim, filhas, estarei com vocês, mas gostaria de levá-las para descansar.

ALMAS A CAMINHO DA REDENÇÃO | 139

– Se nós sairmos, mamãe ficará sozinha e não queremos!

– Quem está aí, agora, é só o corpo de sua mãe. Sua alma já partiu!

– Está com Jesus, no céu? – perguntou-lhe Célia.

– Certamente ele veio buscá-la!

Às vezes cochilando, às vezes conversando, a noite passou. Foi difícil, as horas foram longas, apenas os três e mais ninguém. Paulo não sabia de suas amizades nem a quem deveria avisar. Logo pela manhã, avisou Leda do horário do funeral. Seria às dez horas. Não queria prolongar mais aquela situação tão difícil. À hora marcada, com a presença de apenas quatro pessoas, Paulo, Leda e as duas filhas, o corpo foi enterrado.

Paulo levou as meninas para casa, sem saber o que fazer. Durante a noite, no silêncio das horas e da solidão, pensara muito... Não via solução. Poderia internar as filhas num colégio, mas não achava justo. Talvez fosse uma boa solução. Por mais que sofressem, o sofrimento seria menor que lhes contar a verdade. Reclusas num colégio, nunca saberiam da sua outra vida e estariam melhor.

Leda que o acompanhara, quando as meninas já dormiam após um banho e um lanche, foi consultada acerca da ideia.

– Acho-a boa, Paulo, porém, mais dia, menos dia, terão que enfrentar a verdade...

– Eu as pouparia agora, assim também os meus, que de nada precisarão saber!

– O problema é sério, você sabe disso!

– Contei a Idalina e a sua revolta foi grande!

– Se disser a seus filhos, poderá ter o desprezo deles!...

– Eu sei disso! Se as colocar num colégio, terei um tempo para pensar e acomodar esta situação.

– Se encontrasse alguém que pudesse permanecer aqui, morando e cuidando delas!... – exclamou Leda.

– Isso é muito difícil, e a curiosidade, talvez, a fizesse descobrir tudo!... Hoje não temos mais pessoas de confiança.

– Podemos procurar! Às vezes, alguém que ficou ao desamparo, agradeceria ter uma casa como esta para morar, com todo o conforto. Mas e hoje? Não poderá ficar aqui o dia todo, enquanto elas dormem!

– Tem razão! Preciso voltar para casa! Não sei o que Idalina falou às crianças sobre a minha ausência, hoje pela manhã! Ela estava tão magoada que, talvez, não tenha conseguido esconder nada.

– É melhor eu ir embora! – disse-lhe Leda. – Passarei pela sua casa para sondar o ambiente. E você, aqui, o que fará?

– Não sei, estou entrando em desespero! Não estava preparado para tamanho imprevisto.

– Agora elas dormirão bastante, e não há mal que as deixe sós. Feche bem a casa e deixe-lhes um bilhete perto da cama, no caso de acordarem, e mais tarde você voltará.

– Tenho de atender às minhas obrigações na indústria.

– Que podem esperar. Lá, basta um telefonema com alguma desculpa. O importante, agora, é o seu problema familiar.

– É verdade! Farei o que me diz e iremos juntos para minha casa. A esta hora ainda ninguém voltou das aulas e ficará mais fácil.

Paulo escreveu um bilhete tranquilizando as filhas, caso acordassem, e partiu com Leda, sem saber o que encontraria no seu lar.

À medida que percebia o espaço do trajeto diminuído, tremiam--lhe as pernas e uma angústia maior tomava-lhe o peito.

Ao cabo de pouco tempo chegaram. Ao descer do carro, ainda pediu à irmã que o ajudasse e orasse por ele, para que, pelo menos, fosse recebido.

A situação era aflitiva. Leda desceu na frente e foi entrando, mas de nada adiantou querer encontrar Idalina antes, que não a viu. Perguntou a uma das criadas e foi informada de que saíra logo após as crianças, a pé, mas não dissera onde ia.

Quando Paulo entrou, ficou ainda mais aflito concluindo:

– Se saiu a pé, talvez quisesse andar um pouco, ordenar as ideias, esquecer...

– Então não deve estar longe! Vou dar uma volta pelas imediações, talvez a encontre por perto.

Leda saiu e, de fato, logo a encontrou caminhando muito devagar, cismarenta, com a fisionomia sofrida, sem dar atenção a quem cruzasse com ela. Aproximando-se, chamou-a:

– Idalina, não está me vendo?

– O que está fazendo aqui, Leda?

– Eu é que pergunto, parece que não vê ninguém!

– Estou tão voltada para os meus problemas, tristezas e decepções, que é impossível ver o que está ao meu redor.

– Aonde você foi?

– Andar por aí sem rumo! Nem sei como consegui achar o caminho de volta, tão perdida estou em mim mesma! Já sabe o que me aflige, não?

– Sim, Idalina, e aqui estou para ajudá-la! Quero muito fazer alguma coisa por você!

– Onde está ele?

– Esperando-a em casa! Estive com Paulo nos funerais. Não podia deixá-lo só nessa circunstância tão angustiante. Ele está sofrendo muito, Idalina!

– Por sua própria culpa! O que ele pretende agora? Que tudo fique bem, que eu o compreenda e o console, que receba suas filhas em minha casa e distribua com elas o carinho que dou a meus filhos?

– Não precisa tanto, mas procure ter um pouco de compreensão! Ele errou e muito, concordo com você, e não estou aqui para defendê--lo porque é meu irmão. Reconheço que não devia ter feito o que fez! Mas peço apenas que o compreenda e o ajude a redimir-se. Agora a situação mudou, e é definitiva! Você sabia que eles já estavam afastados.

– É muito difícil, Leda! Coloque-se em meu lugar! Cada vez que olhar para ele, de agora em diante, não mais verei o Paulo, meu marido, aquele que eu amava e me fazia tão feliz junto de nossos filhos! Verei o outro, o que não teve escrúpulos em me enganar por tantos anos, que fingiu me amar, fingiu carinho para com os filhos, porque tudo isso que pensávamos lhe dava prazer, ele tinha-o em outra casa, com outra mulher e outros filhos! Pense bem, Leda, é exigir demais de mim!

– Eu entendo e lhe dou razão, mas apenas peço que lhe dê novas oportunidades. Ele está arrependido e os ama! Tem sofrido muito!

– Será o seu sofrimento maior que o meu, que nada busquei para isso?

– Ele compreende e penaliza-se por se sentir culpado, mas esforce-se por você, pelos filhos que de nada devem saber! Você nada lhes contou, não é mesmo?

– Não quero para eles o que estou passando! Dei-lhes uma desculpa pela ausência do pai, hoje pela manhã, mas, por mais que tentasse, não consegui esconder as minhas mágoas e eles perceberam.

Chegando a casa, encontraram Paulo sentado na sala, aguardando, triste, cansado, a cabeça entre as mãos, em atitude de profunda reflexão e dor.

Quando elas entraram, ele levantou-se e foi ao encontro de Idalina, tentando falar-lhe:

– Pelo amor de Deus, perdoe-me! Sei que seria pedir demais que ainda me amasse, e sei que devo conviver com o que eu próprio construí, mas procure aceitar-me e ajude-me a retomar a vida junto de vocês que amo!

Ela ouviu-o, olhou-o, mas nada respondeu. Não tinha palavras. Como dizer que lhe perdoava trazendo tantas mágoas no coração? Como expulsá-lo de casa sem ocasionar um escândalo, desarmonizando a vida dos filhos, prejudicando-os em seu futuro?

Calou-se e sentou-se. Deveria estar exausta, andando há horas, mas seu corpo não sentia o cansaço, tão alheio estava de si mesmo. Como sentir o físico quando dores tão profundas lhe machucavam a alma?

Leda e Paulo sentaram-se a seguir. Um silêncio profundo começou a pesar entre todos, mas Leda, que ali estava para ajudar, continuou a sua conversa iniciada na rua.

– Então, Idalina, procure esquecer um pouco, se não por Paulo que a magoou, mas por você mesma, para sentir-se melhor! Logo as crianças começarão a voltar e não devem encontrá-la assim.

ALMAS A CAMINHO DA REDENÇÃO | 143

Vá arrumar-se melhor, anime a sua fisionomia, se não quiser lhes demonstrar tristeza ou preocupações...

A nada ela parecia ouvir, mas, num certo momento, levantou-se e foi para o interior da casa. Leda continuou falando com Paulo, preocupada com as meninas.

– Vai deixá-las sozinhas hoje à noite?

– Não sei o que farei! Você viu o ambiente aqui como está! Encontro-me dividido entre essas soluções que preciso encontrar e não vejo caminhos...

– Pensei até em levá-las para dormir em minha casa, mas não posso fazê-lo sem despertar suspeitas!... Seria pior!

– Se encontrássemos alguém para ficar com elas, até que eu resolvesse o que fazer! – conjecturou Paulo.

– Penso que encontrei uma solução! – exclamou Leda, mais esperançosa.

– Não acredito em soluções, pelo menos por agora!

– Vou pedir, ou melhor, levar, no fim da tarde, uma de nossas criadas para ficar lá. Direi que uma amiga morreu, deixando as filhas sós, e que ela deve lhes fazer companhia por uns dois ou três dias até resolverem o que fazer.

– Mas elas falarão de mim e eu terei que ir lá também!

– Bem, é um risco que precisa correr! Se assim servir, poderei ajudar. Do contrário, não terei como fazê-lo!

– Penso ser melhor! Direi que não posso ficar, que devo sair em viagem novamente, e, enquanto isso, tomo as providências necessárias. Se puder recomendar que não diga o seu nome, é preferível!

– Não dissemos o meu nome lá! Elas não sabem como me chamo! Isso não é problema.

– Está bem! É a única solução por agora! Talvez encontremos alguém que fique lá depois!

Idalina voltou à sala. Já estava diferente, bem arrumada, até disfarçara a tristeza com alguma pintura no rosto.

– Estou contente que tenha me ouvido! Assim está bem melhor!

– Coloquei no meu rosto a máscara para esconder o que sinto, apenas pelos meus filhos. Contudo, por dentro, estou sangrando...

– Mas é bom, sentir-se-á melhor! Logo verá que os problemas irão se desfazendo e tudo voltará ao normal. Esforce-se por você mesma, pelos seus filhos e por Paulo, que está precisando muito da sua ajuda! – e levantando-se, completou: – Bem, agora devo ir que estou ausente de casa há um bom tempo. Que Deus possa auxiliá--los a se recuperarem! Orem que Ele os ajudará!

17
AVISO

LEDA RETIROU-SE E, entre Paulo e Idalina formou-se um hiato de silêncio, que nenhum dos dois tinha coragem de quebrar. Felizmente logo começaram a chegar os filhos, trazendo a alegria, enchendo a casa pelas conversas e pela música que colocaram no ar.

Nada perceberam! Nem sempre os jovens percebem os problemas dos mais velhos. Estão envoltos nas próprias preocupações, nos seus pensamentos, os quais lhes são tão importantes, que não veem o que está ao seu redor.

Naquela oportunidade foi bom que isso ocorresse.

Paulo, com o oferecimento de Leda em relação às meninas, estava mais tranquilo. À tarde, da indústria, falaria com a irmã para que deixasse lá a sua criada, sem entrar, a fim de não gerar desconfianças. Que ela dissesse ter sido amiga da mãe delas, com quem já trabalhara, e como soubera do ocorrido e estava sem serviço, fora fazer-lhes companhia, até que lhes fosse dada uma solução.

Tal instrução foi transmitida à criada, durante o percurso. Ela não entendeu nada, mas cumpriria as ordens.

Paulo foi vê-las logo após o almoço, antes de ir para o trabalho, encontrando-as ainda a dormir. Deixou-lhes outro bilhete dizendo que precisava viajar, e, talvez, nem fosse possível voltar logo, mas que alguém iria lhes fazer companhia.

Um tanto confuso para suas cabecinhas, mas elas teriam que aceitar. Recomendava voltar às aulas no dia seguinte, pois lhes seria melhor.

Tudo foi acertado dentro das condições possíveis e, quando acordaram, a pessoa já estava na casa. Elas compreenderam as explicações, sem perguntas.

Aquele dia terminou. Paulo estava cansado pela noite anterior e por tantas tensões, e, após o jantar, tranquilizado por Leda de que tudo estava em ordem, dormiu profundamente.

Idalina estava curiosa para saber como estariam as meninas, mas não se atrevia a perguntar. Não queria tocar mais nesse assunto com Paulo, mesmo porque só lhe dirigia a palavra diante dos filhos. Também, não lhe daria o gosto de pensar que ela estava interessada nas filhas dele. Na verdade não estava!... Apenas curiosidade que soube refrear, nada mais!

Paulo teria alguns poucos dias para resolver o seu problema. Tinha muitas dúvidas e pediu a Leda que o ajudasse a encontrar alguém que pudesse ficar efetivamente com as filhas. Ela, prontamente perguntou a todos os seus criados, mas não conheciam ninguém que preenchesse tais condições.

À tarde, quando soube que as crianças deveriam estar em aula, Leda foi até a casa para saber se tudo estava em ordem. A criada informou-a de que havia seguido à risca as orientações e que as meninas estavam muito caladas, quase nada perguntaram.

Após três ou quatro dias, Paulo conseguiu encontrar, por meio de uma funcionária da indústria, sem falar toda a verdade, alguém que poderia ficar com as meninas.

Ele próprio a levou, conversou com as filhas, dispensou a que Leda levara, e assim ficou mais tranquilo.

As duas sentiam-se mais sós, mas tinham uma a outra, o que lhes dava bastante conforto.

Resolvida essa questão, embora convicto de que a qualquer hora a verdade viria à tona, confiava e esperaria mais um tempo passar, depois ele próprio lhes diria. Decidira que deveria trabalhar com a verdade, custasse o que custasse, para ter mais paz. Entretanto, para essas verdades, para a busca da sua tranquilidade, quantas esperanças frustradas, quanta dor estava deixando atrás de si!

Em seu lar a situação continuava a mesma. Idalina tratava-o friamente, mas não o agredia com palavras. Os filhos andavam envoltos em suas obrigações, e a serenidade parecia ter ali se instalado. Aqueles problemas que estavam atingindo os filhos haviam acalmado, e ele não precisou mais voltar àquele lugar aonde havia ido, no dia em que o acidente ocorrera. Pensara até que ela própria alimentava os pedidos e estimulava a ação dos que perturbavam seu lar.

Nessa pequena tranquilidade, seis meses se passaram...

As filhas continuavam com a pessoa que delas cuidava e estavam mais habituadas sem a presença da mãe. O pai as visitava sempre que podia, mantendo a mesma situação de mentira. A criada já compreendera tudo, mas não queria se comprometer, tampouco o seu emprego, pois percebia um alto salário e era dona e senhora da casa.

No seu lar, Idalina se afastara do marido totalmente. Mantinham as aparências, mas suas mágoas ainda não haviam cessado. Nunca perguntou pelas suas filhas, mas Leda, certa ocasião, quis contar-lhe. Ela deveria saber o que se passava.

A paz familiar reinava. Os filhos achavam, às vezes, os pais um tanto estranhos, mas Idalina achegava-se a ele, abraçava-o e pedia-lhe:

– Diga-lhes, Paulo, que nunca estivemos tão bem em toda a nossa vida! Que nos amamos ainda, apesar de tantos anos decorridos, mas que suas atividades agora são muitas, e não é sempre que tem vontade de sair ou conversar...

– Sua mãe tem razão! Nada há, estamos mais unidos que nunca!

Paulo sofria as consequências de seus atos. A esposa ainda não conseguira lhe perdoar. As perturbações com os filhos cessaram e a serenidade aparente reinava entre eles.

Entretanto, após esses seis meses em que viviam nessas

condições, um fato estranho ocorreu. A família estava reunida na sala, após o jantar. Paulo lia, alguns dos filhos estudavam, e o silêncio, pelas próprias atividades que desenvolviam, era grande. Idalina estava em seu quarto tomando alguma providência, e a criada já havia se recolhido, depois de deixar a cozinha em ordem. De repente, um grande barulho foi ouvido por toda a casa, vindo da cozinha, como se todos os utensílios, lá existentes, tivessem ido ao chão de uma só vez. O som foi muito forte, assustando a todos que correram ao mesmo tempo, inclusive Idalina. Quando lá chegaram tudo estava nos devidos lugares...

Os comentários foram os mais desencontrados possíveis. Idalina lembrou-se logo do período difícil por que haviam passado, quando os gemidos eram ouvidos, e não pôde deixar de pensar naquela mulher... Mas, ela já não existia, a mansão não mais lhe interessaria. Após a sua morte, tudo havia se aquietado inexplicavelmente. O que seria dessa vez? Mais alguém querendo amedrontá-los?

Paulo teve os mesmos pensamentos. Os filhos, alguns deles, lembraram-se do velho avô, quando o culparam pela perturbação da casa. E agora, o que seria?

Aos olhos deles que nada viram, apenas se amedrontaram, conjecturaram e retornaram à sala, onde alguns comentários foram feitos, sem conseguirem retomar suas atividades. Idalina acompanhou-os e ali ficou sentada, pensando, pensando muito...

Ah, se eles pudessem ver, não teriam tantas conjecturas a fazer, mas tão somente a realidade toda à sua frente! Uma realidade terrível e muito ameaçadora!... Se tivessem essa capacidade, se assustariam com uma entidade que ali chegara, trazendo a aparência dos que viveram no erro, no ódio, na busca de interesses escusos. Dos que sempre quiseram se aproveitar de situações, sem piedade, apenas voltados para si mesmos. Dos que não vacilaram em fazer os outros sofrerem, para a satisfação da própria vontade. Se pudessem ver, nem mesmo Paulo a reconheceria, tão mudada se encontrava.

Enquanto somos encarnados, o corpo que abriga o espírito, exterioriza, através das expressões fisionômicas, as emoções e

ALMAS A CAMINHO DA REDENÇÃO | 149

sentimentos, o rancor das frustrações, a alegria das vitórias, mas deixa entrever apenas uma parcela mínima do que nele se esconde, pelo controle que exerce sobre si mesmo.

No entanto, quando o corpo não está mais presente, a realidade pura do espírito, sem simulacros, revela a sua verdadeira índole, não mais o seu interior porque ele é todo revelação; todavia a aparência que traz é assustadora, ainda mais quando, ao partir, os mesmos objetivos continuam. As frustrações, quer o espírito ver transformadas em vitórias, e volta para agir, agir, agir...

Assim ocorreu com aquela irmã infeliz que, ao deixar o corpo de forma tão violenta, inesperada, depois de passar pela inconsciência natural dos que partem nessas circunstâncias, sem terem nenhum conhecimento da vida após a morte, voltam e querem retomar seus objetivos.

Condição diferente experimentam aqueles que abrigaram sentimentos bons e viveram dentro dos ensinamentos cristãos, pois a ajuda lhes chega e são amparados, auxiliados e agradecidos a Deus pelo que recebem. Outros, porém, como aquela nossa irmã, recusam ajuda, não veem ninguém, não aceitam nada, e quando recompõem as ideias, fixas antes no firme propósito de satisfazer seus desejos desumanos, retornam e querem continuar as mesmas atividades, com a vantagem de mais nada terem que pedir.

Infiltram-se eles próprios nos ambientes desejados, e aí trabalham com muito mais intensidade e fervor que qualquer *assalariado*, porque o ódio, e o desejo de vingança os impelem.

Isso acontecia àquele espírito. Se não mais necessitaria da mansão, o que faria com ela? Contudo, o seu amor-próprio ferido não a deixava em paz.

Revoltara-se ao perceber que não fazia mais parte do mundo dos encarnados, mas levava consigo o ódio das frustrações, dos desejos não alcançados, e queria vingança. Não a vingança do prejuízo sofrido, mas a dos anseios não concretizados...

Nada mais a impedia de penetrar na mansão. Vê-la-ia cômodo a cômodo, detalhe a detalhe, invadiria a intimidade de cada um, sem ser vista, mas tinha que avisar que chegara. Que se preparassem, que ela não mais se limitaria a fazer exigências, nem só a passar pela frente da casa. Não! Agora era também a sua hóspede, e, quiçá, a sua moradora!...

Não conseguira o que pretendera no corpo material, sentira-se lesada em seus sonhos e lesada pela própria vida, mas agora ali estava, e se vingaria de Paulo, da esposa, dos filhos – de todos! Para não alegarem desconhecimento, avisara-os de que havia chegado!

Paulo não mais conseguiu ler. Ela não deixava. Aquela entidade de aparência tão infeliz, envolvia-o de tal forma, que tinha o pensamento todo voltado para ela. Os momentos vividos vinham-lhe à mente; sentia saudades, sentia pena dela, e uma tristeza começou a tomar conta do seu coração. Não a tristeza pela situação difícil que vivia em seu lar, nem a do remorso pelo que fizera. Entretanto, uma tristeza estranha gerada pela saudade, chegando a turvar-lhe a mente.

Por que pensava tanto naquela criatura de quem já se sentira desligado, mesmo antes de ela morrer? O que acontecia que não podia desviar o pensamento, fixando-o nos bons momentos que tiveram, quando ele pensava estar vivendo um sonho de amor?... Muito estranho!...

Ela afastou-se dele aproximando-se de Idalina. Ah, quanto ódio direcionou-lhe! O ódio por ela estar ali na mansão que desejava, tranquila com sua família e vivendo ainda no corpo. Sem saber por quê, Idalina foi sentindo uma irritação tão grande, que, a uma pequena observação de um dos filhos acerca de assunto sem importância, respondeu-lhe tão rispidamente, que o filho estranhou e, entristecido, pediu-lhe desculpas, recolhendo-se.

A noite estava estragada para todos. Ninguém mais, naquela casa, teria sossego, conquanto ainda não soubessem quem chegara e o que os aguardava.

18
EM AÇÃO

O AVISO ESTAVA dado, apenas ninguém o entendeu. Era o início, e a sua ação começaria a seguir.

Paulo lembrou-se muito daquela mulher e era necessário, para compreender que ela chegara, mas nisso ele não pensara. Jamais poderia imaginar que ela, em espírito, um dia se instalasse em sua casa. Se disséssemos que viera sozinha, omitiríamos dados. O mal é sempre muito extenso, e, para a consecução dos objetivos colimados, sempre encontramos muitos dispostos a nos ajudar – é só solicitar!

Se trabalhamos numa obra meritória aos olhos de Deus, e precisamos de auxílio, nem sempre encontramos, prontamente em nosso modo de ver as coisas, tantos quantos necessitamos para colaborar conosco. Mas se oferecemos a oportunidade de trabalho no mal, oh, quantos acorrem rapidamente para nos atender! Desejando satisfazer suas tendências malignas, não importa onde nem contra quem desferem a sua ação.

Por isso, aqueles que se dispõem a trabalhar em prejuízo de alguém ou de alguma causa, extorquindo dos que solicitam, quantias vultosas, encontram sempre à disposição um grande número de espíritos apegados ao mal, prontos a cooperar. E trabalham com tanto "amor", se assim pudermos denominar, com tanta dedicação, que frequentemente vão além do que lhes foi solicitado e perdem a medida do equilíbrio.

Mas voltemos à nossa irmã. O seu desejo de promover, naquele lar, a desagregação familiar, era tão intenso que precisava de companheiros e encontrou-os logo e muitos... Foi só fazer uma visita ao local onde pagava para conseguir os seus intentos e lá encontrou, às ordens, muitos que a ajudariam, afora outros que vivem por aí, perambulando e prontos a agir, bastando ser solicitados.

Ela comandaria! Sim, aquela ação teria a sua chefia direta, as suas diretrizes, e nenhuma oportunidade seria perdida, nenhum momento propício deixado para trás. Seria uma ação intensa sobre todos.

Naquela noite nada mais houve! Conforme ela própria sabia, para a eficácia dos fins, era necessário, ao menos de início, saber dosar, e ela o saberia. Por aquela noite já havia feito o suficiente. Seus companheiros ali estavam, apenas aguardando uma ordem para começar. A família moradora da casa era grande, mas se vissem quantos eram os hóspedes desencarnados – seus habitantes temporários – assustar-se-iam... Até poderiam vir a ser permanentes, bastando para isso que testassem a resistência dos encarnados, em sua capacidade de suportar. Barulhos, não haveria mais! Era por demais primário e já fora provado que não dera resultado.

O trabalho a que ela se propusera, agora seria diferente. Atuaria, juntamente com seus companheiros, apenas nas mentes. Seria uma ação de mente a mente! Muito inteligente, pois que se a mente comanda o corpo, todos passariam a fazer exatamente o que ela desejasse. Usando da sugestão mental, tão desencontrada e desequilibrada, logo seriam julgados dementes, um a um!... A primeira seria Idalina! Sim, desmoronando a mola mestre, todo o resto ruiria,... mas não ruiriam nem equilibrados, nem lúcidos...

Os prognósticos para o desempenho de seu trabalho eram, em essência, esses. E, no final, a mansão que não quiseram lhe dar, estaria totalmente vazia... Não que a quisesse mais para si. Nada faria com ela, a menos que a transformasse no seu reduto, de onde

ALMAS A CAMINHO DA REDENÇÃO | 153

partiria para novas empreitadas e, como o soldado cansado da refrega, voltaria ao seu posto para o descanso merecido, enquanto outras manobras não a solicitassem.

Se os encarnados pudessem perceber o quanto esses casos são comuns, o quanto vivem à mercê de mentes desencarnadas apegadas ao mal e à vingança, cuidariam mais de suas ações, para tê-las todas modificadas no bem.

A manhã do novo dia foi tranquila. À mesa do café, Dulce, a mais alegre e descontraída, contou à criada o episódio da noite anterior, na cozinha, e todos acabaram rindo, sem lhe dar maior importância. Consideraram-no alguma ilusão dos sentidos, ou algum outro ruído que confundiram com o que imaginaram ser.

À saída de todos, Idalina permaneceu em casa, só de seus familiares, mas acompanhada pelos hóspedes que haviam chegado e se instalado sem pedir licença ou autorização para entrar.

Uma extensa manhã se descortinava à sua frente! Ela possuía muitos criados e estava liberada dos serviços domésticos, o que lhes seria mais satisfatório, não obstante sempre estivesse atenta a alguma ordem ou providência.

O grupo estava determinado, a presa, pronta! Todos a envolviam e eram muitos. Formavam, ao seu redor, uma pequena multidão, cada um emitindo-lhe um pensamento diferente, justamente contra seu marido. Ah, nesse primeiro dia, mesmo afastados de Paulo, agiam muito contra ele. Nada fariam àqueles que se encontravam fora de casa. Dentro, porém, o labor seria intenso. Eles deveriam perceber, como acontecera das vezes anteriores, que, fora do lar, tudo passava.

Assim iam trabalhando, trabalhando, e Idalina atormentando--se. Num certo momento até se sentou, colocou as mãos tapando os ouvidos e comprimindo a cabeça, como que a se isolar de tanta irritação, de tantos pensamentos de ódio contra o marido, a ponto de não desejar vê-lo quando voltasse.

– O que está acontecendo comigo, meu Deus? – pensava. – Estou perdendo o equilíbrio de mim mesma, não estou conseguindo retirar Paulo do meu pensamento, e cada vez sinto mais ódio dele! Não consegui perdoar-lhe, é certo, mas não sentia tanto ódio como hoje. Estarei prevendo algo pior que ele me fará, ou percebendo o que esteja fazendo? Ajude-me, meu Deus, a equilibrar meus pensamentos tão desencontrados! Se sair um pouco para caminhar, talvez melhore...

Levantou-se e chegou à porta. Abriu-a, parou, e fechou-a novamente. Eles não a deixaram sair. – E se passasse mal na rua? Deveria permanecer em casa!

Concentrou-se um momento, novamente abriu a porta e deixou a casa rapidamente, para decepção deles.

Saiu atormentada, mas, à medida que caminhava, sua mente ia se aclarando e começou a perceber as pessoas que com ela cruzavam. Andou cerca de uma hora, sem rumo, sem destino, até que conseguiu ordenar seus pensamentos e tê-los límpidos.

Retornou para casa e, ao ter que entrar, sem saber por que, sentiu receio, mas, decidida, entrou. Sempre fora muito dedicada ao lar, aos filhos, ao esposo, e adorava estar em casa, onde se sentia muito à vontade e feliz, tomando as providências necessárias, realizando suas tarefas com amor.

Feliz já não podia dizer que o era. Sofrera muitas desilusões, mas amava os filhos aos quais se dedicava e, apesar de tudo, amava o marido, por isso sofria mais. Percebia o quanto ele também estava sofrendo, mas não podia recebê-lo mais com o mesmo amor de antigamente. Ele a ferira profundamente! Muito tempo deveria passar, até que pudesse olhá-lo sem se lembrar da sua traição. Fora muito ofendida e ainda guardava a distância que lhe impusera. Não devia ceder!...

Tentando recomeçar suas atividades, foi procurada por uma das criadas que precisava de uma orientação. Enquanto ela falava, mesmo Idalina tendo ouvido a sua solicitação, não conseguia responder. Não lembrava do que lhe fora perguntado, e novamente sua cabeça ficou transtornada.

– O que está sentindo? Eu perguntei uma coisa, a senhora

respondeu-me outra e depois disse que não lembrava do que eu havia perguntado! Vejo que a senhora não está bem!

– Não estou mesmo! Desde que todos saíram, pela manhã, que me sinto assim. Estou confusa, estranha, e não consigo ordenar meus pensamentos.

– Talvez a senhora não tenha dormido bem!

– Dormi muito bem, sim, apesar do susto de ontem à noite!

– É melhor deitar-se e descansar um pouco!

Vendo que nada podia fazer, Idalina sentiu desejo de se deitar. Ao colocar a cabeça no travesseiro, pôde pensar com um pouco mais de lucidez e refletiu em tudo o que já haviam passado. O problema dos barulhos imitando os gemidos do avô, os problemas de Dulce, de Eduardo e de Jane... Tudo muito semelhante! Mas aquele ser já havia morrido, não se interessaria mais pela casa.

Ah, se ela pudesse ver todos os que se encontravam à sua volta!... Eles deixavam-na pensar! O ser que os comandava impediu--lhes a ação por aqueles momentos.

– Quero que reflita, que pense! Seus pensamentos estão me interessando bastante! Então ela sabia de mim! Sim, soube da minha existência e do que eu pretendia... Terá Paulo lhe contado? Como ficou sabendo?

Quando percebeu que já concluíra o que lhe interessava, ordenou que trabalhassem. Todos a envolveram com emanações terrivelmente maléficas, e novamente Idalina teve seus pensamentos conturbados e seu físico abatido. Deveria ficar na cama, sem se levantar, para não receber nem marido, nem filhos. A certo momento, colocou a cabeça sob o travesseiro, apertando-o fortemente, querendo isolar-se, sem saber de quê... Nada via, mas percebia que alguma coisa muito estranha a enredava, e lembrara, também, no seu instante de equilíbrio, que havia passado bem na rua. Assim permaneceu longo tempo, até que começaram a chegar os filhos.

Como ocorre em todos os lares, os filhos, ao chegarem a casa, querem ver a mãe antes de tudo. Têm sempre alguma novidade para contar, alguma vitória alcançada ou mesmo qualquer futilidade para juntos comentarem.

Idalina foi ficando cercada pelos filhos. Nunca a haviam encontrado deitada àquela hora, nem em nenhuma outra hora do dia. Ela os olhava, aconchegava os que se aproximavam mais, e Dulce, como sempre, sentou-se à sua cabeceira, acariciando-a. Preocupados e perquiridores, indagavam o que ela estava sentindo.

– Nem mesma conseguirei explicar! Sinto um tormento em minha mente, tirando-me a capacidade de manter um só pensamento equilibrado. Sinto-me mal, e não sei se conseguirei levantar-me daqui! – explicou, com certa dificuldade.

– Quando papai chegar, a senhora levantará! – falou-lhe ternamente, Dulce.

– Não sei se terei forças! Levantei-me bem, hoje, mas, de repente...

– Deverá consultar um médico! Não é a senhora que nos diz isso quando não estamos bem? Hoje é a nossa vez de lhe providenciar um! – disse-lhe Jane.

– Sabe, mamãe... – expressou-se Dulce, com vagar e meio reticente, como quem estivesse pensando, acalentando em si alguma descoberta e tivesse receio de expô-la.

– O que é Dulce, fale! – pediu-lhe Eduardo, vendo-a interromper o que iria dizer.

– Tenho medo de que seja alguma tolice, mas vou falar assim mesmo, e vocês analisarão depois.

– Então fale, filha! – pediu-lhe a mãe.

– É só um pensamento que me ocorreu! O que a senhora está sentindo hoje, não terá alguma coisa a ver com o barulho de ontem à noite?

– É isso mesmo! – concordou Jane. – Até que você é bem esperta, Dulce!

– Não sei, mas essa ideia veio-me à mente com muita força. – justificou.

Ao ouvirem isso, as entidades que a envolviam, recuaram um

pouco a um sinal de quem as comandava, e concluíram que estavam exagerando de início. Deveriam ir com um pouco mais de cautela, para não correrem o risco de serem expulsos antes de terminar o trabalho. Mas, mesmo que tentassem, não os expulsariam com facilidade, argumentavam. Resistiriam o mais que pudessem, e ali permaneceriam até conseguir o que desejavam. Os objetivos seriam alcançados e, dessa vez, não só deixariam a casa, como teriam toda a família desmantelada.

Com o afastamento deles, Idalina começou a melhorar e, quando Paulo chegou, conseguiu levantar-se e partilhar do almoço em família.

19

JUSTIFICATIVAS

A TAREFA A que ela – o ser infeliz que ali se instalara – se propusera realizar, estava iniciada. A sua ação começava a se intensificar, e todos sofreriam. Até que resolvesse o contrário, estariam em suas mãos, segundo o seu bel-prazer.

Entretanto, estou seguro de que muitas indagações estão fazendo parte das reflexões e dúvidas de quem está tomando conhecimento desta história. Como Deus, infinitamente bom e justo, permite que pessoas boas fiquem à mercê dos desejos infelizes de seres dessa natureza? Como podem sofrer a sua atuação, mesmo aqueles que estão tranquilos em seu lar, vivendo honestamente, e sem nada terem feito para isso? Por que, por apenas conviverem com alguém cujos atos foram impensados, gerando insatisfações e exigências num ser infeliz, podem sofrer-lhe a ação? Por que não somente Paulo, nesta história, deveria padecer pela sua insensatez? Por que Deus permitia que tal situação ocorresse, sem que estivesse sendo injusto?

Para tantas indagações, teremos tantas respostas quantas forem necessárias, e nada ficará sem que os leitores entendam, e também fiquem atentos em si próprios.

O que é aparentemente injustiça, o que se apresenta aos nossos olhos como sofrimento imerecido, diante de Deus, que é todo justiça e amor, é apenas uma oportunidade para que antigos resgates sejam efetuados.

Todos nós, na sucessão de nossas vidas, temos deixado para trás muitas ações más, muito prejuízo realizado, irmãos ofendidos, e precisamos ressarcir os males praticados. A encarnação é a abençoada oportunidade redentora que nos é oferecida. E como essa redenção poderia ser efetuada, se apenas vivêssemos em berço dourado, em busca de nossas próprias satisfações, e pela vida passássemos ilesos dos sofrimentos, das experiências? Se já tivéssemos conquistado um pouco de entendimento, quão infelizes nos sentiríamos, se, ao retornar, concluíssemos que nada havíamos feito em favor de nós mesmos.

É certo que, vivendo de forma correta, dedicando-nos aos seres que nos são confiados, sem nada praticarmos contra as diretrizes que Jesus nos deixou, muito já estaremos fazendo, e partiremos sem nenhum compromisso infeliz adquirido.

Todavia, será isso suficiente? Se, ao lado dessa vida, mais pudermos acrescentar para o nosso progresso, para a redenção dos nossos débitos, seja em trabalho em favor de outrem, ou mesmo sofrendo, muito mais felizes partiremos.

É por isso que Deus permite o sofrimento, mesmo vergastando o coração daqueles que aparentam não merecê-lo. Ninguém sofre injustamente! Se aqui estamos encarnados, temos débitos a ressarcir, e o sofrimento é a oportunidade de abreviarmos os nossos compromissos. Mais ainda conseguiremos a nosso favor, se soubermos suportá-lo com resignação, com o pensamento voltado a Deus, aceitando o que Ele nos envia, porque sabemos que um Pai tão amorável só deseja o bem ao próprio filho. Mesmo que o remédio seja amargo, a cura se fará, e ainda agradeceremos a oportunidade de o termos ingerido...

É isso, em linhas gerais, o que acontece com os seres aqui encarnados, e é o que acontecia no lar de Paulo.

Aquele resto de dia Idalina passou bem, mas, à noite, quando a família novamente estava reunida, contando também com a presença de Paulo, o seu mal-estar recomeçou. Deitou-se, mas a mente confusa transmitia-lhe certo desespero. Paulo penalizava-se.

ALMAS A CAMINHO DA REDENÇÃO | 161

Havia momentos em que ela até se contorcia, não por dores, que não as sentia, mas pela inquietação interior e pela incapacidade de equilibrar os pensamentos. Quem não a conhecesse, diria tratar-se de alguém demente.

Os filhos, preocupados, pediam ao pai alguma providência. Ele chamaria um médico, é certo, mas sabia que de nada adiantaria, como em outras vezes não adiantou. O médico foi chamado, realizou exames, mas não teve condições de completar um diagnóstico:

– Parece uma crise de esquizofrenia, com conturbação intensa da mente. Teremos de proceder a muitos exames, mas hoje seria impossível realizá-los. Somente amanhã de manhã. Por agora ministrar-lhe-ei uma dose forte de calmante e ela dormirá bem. Amanhã o senhor a levará para passar pelos exames que prescreverei. Nada mais há a fazer.

No momento do exame clínico, quem pudesse ver, pensaria estar assistindo a uma representação teatral, em que uma atividade muito intensa era desenvolvida. Todas as entidades intensificaram sua ação sobre ela, e a que comandava, cuidou do médico. Envolvia-lhe a mente e até meneios cariciosos infelizes pôde realizar. Ele sentia-se estranho ali, mas nada disse, dado os sentimentos pelos quais fora envolvido. Ela sabia como agir e como conseguir os seus objetivos.

O calmante foi-lhe ministrado, mas em nada melhorou o quadro da doente. Como não era ainda tão tarde, Paulo resolveu apelar para Leda, e, pelo telefone, contou-lhe o que estava ocorrendo, pedindo-lhe ajuda.

– Espere-me que vou imediatamente – foi a sua resposta.

Em pouco tempo chegou. Nunca havia visto Idalina, nem ninguém naquelas condições. Sugeriu a Paulo fizessem uma prece em conjunto, mas, para isso, pediu aos filhos que se retirassem, e, do lado de fora, também ficassem em oração.

Paulo pegou um exemplar de *O Evangelho segundo o Espiritismo* e leu uma de suas páginas, enquanto aquele ser perturbador ria, ria muito, dizendo aos companheiros:

– Agora ele ora!... Pede a Deus!... Não imaginei que soubesse orar!...

Cada palavra sua era entremeada de um riso sarcástico muito forte, mas, através da oração, as entidades maléficas foram se afastando. Recuaram todos e ficaram a um canto do quarto observando:

– Esperaremos um pouco! Quando terminarem, voltaremos e lhes mostraremos quem somos e se temos medo de "rezas"! Eles terão de entender que apenas nos afastamos para que ela recobre um pouco a lucidez, e diga que quer sair de casa. Que aqui não se sente bem e deseja ir embora. Quando fora daqui, verá que melhorou e não desejará voltar! Aí começaremos com outro! Paulo será o último, porque, para ele, reservo "carinhos" muito especiais!...

Tudo isso ela comentava com os companheiros, parados a um canto do quarto, observando-os. De fato, quando as preces terminaram, Idalina, que no decurso delas fora se acalmando, já estava bem melhor.

– O que está fazendo aqui, Leda? Não a vi chegar!

– Você não estava bem e Paulo chamou-me. Ficamos todos muito preocupados!

– Já estou melhor, o que fizeram?

– Apenas oramos a seu favor – respondeu-lhe Paulo.

– O que está acontecendo? – perguntou-lhe Leda

– Não sei! Levantei-me bem, mas, com o passar das horas, quando me vi sozinha em casa...

Assim contou-lhe todo o sucesso do dia, levando Leda a concluir que seria um problema de ordem espiritual.

– Deve ser, Paulo, a continuidade dos problemas que estavam envolvendo a todos, nesta casa, e precisa procurar providências.

Enquanto Leda terminava estas últimas palavras, aquele ser infeliz entendeu que a trégua já havia sido suficiente e ordenou:

– Novamente em campo!

Ao seu comando, aproximaram-se e envolveram-na, direcionando-lhe pensamentos desencontrados. Idalina não tardou em senti-los. Ainda em conversa com Leda, na presença de Paulo,

ALMAS A CAMINHO DA REDENÇÃO | 163

comprimiu a cabeça com as mãos, transformando a serenidade da sua fisionomia numa expressão sentida de dor, que não passou sem ser notada por ambos.

– O que foi, Idalina? – perguntou Leda, demonstrando preocupação.

– Está começando tudo novamente! Minha cabeça está transtornada e até uma dor aguda estou sentindo.

Dizendo isso, tomou as mãos de Leda imediatamente, implorando:

– Não me deixe assim! Pelo amor de Deus, ajude-me! Eu não suportarei por muito tempo, se continuar.

Leda, embaraçada e condoída, só pôde responder:

– Fizemos o que sabíamos! Oramos e você melhorou! Isso só vem provar que seu problema é de ordem espiritual. Agora já está ficando tarde, e é difícil chamarmos alguém para atendê-la!

– Não me deixe assim, pelo amor de Deus! – suplicava.

Paulo estava consternado e aproximou-se, tentando acariciar-lhe a cabeça, mas rapidamente ela retirou as mãos dele. Compreendendo que seu gesto só poderia piorar a situação, não insistiu mais.

– Leda – lembrou-se Paulo – se novamente não a importunamos, pedindo que leve Idalina para a sua casa...

– Não me importunarão! Se ela quiser ir, supondo que pode melhorar, fico feliz em ajudar.

Consultada, Idalina acedeu. Não tinha mais muitas condições de raciocinar por si, mas queria aliviar-se.

Paulo levou-as, deixando os filhos preocupados, porém, antes de saírem, tranquilizou-os:

– Não é nada! Não se preocupem! É apenas uma tentativa para ver se ela se alivia, como aconteceu com Dulce e Jane.

– Eu falei que era o mesmo problema, e começou ontem à noite, quando ouvimos o barulho na cozinha! – acrescentou Dulce, afoita.

– Vou levá-las e logo voltarei! Ficarei um pouco para ver se há melhora, mas não me demorarei.

– Gostaríamos de acompanhá-la – manifestaram-se os filhos.

– Não é necessário. Confiem e esperem, logo estarei de volta. – insistiu Paulo.

20
CONTINUANDO

A ESTA DECISÃO, as entidades receberam instrução de acompanhar Idalina apenas até o carro. Que transpusessem a porta da rua até ele e retornassem. Nova tarefa lhes seria imposta. Estavam ali em trabalho e não deveriam perder tempo.

Quando o carro começou a rodar e afastar-se da casa, Idalina, que nele entrara comprimindo a cabeça e apoiada por Leda, começou a melhorar. Ao chegar, nada mais sentia, apenas uma certa confusão por assédio tão intenso. Paulo concluiu que nem deveria descer, pois ela já estava bem e, tinha a certeza, dormiria bem.

– Amanhã, antes de ir à indústria, passarei para vê-la. Procure descansar e dormir, sem pensar em nada.

– Como se isso me fosse possível! Mas lhe é conveniente que em nada pense, para que seus remorsos sejam menores.

– Não fale assim! – aconselhou-a Leda. – Vamos entrar.

Paulo despediu-se e retirou-se. Quando chegou a casa, os filhos o aguardavam ansiosos, mas acalmaram-se pelas informações que o pai lhes levou.

– É melhor irem também descansar e procurem dormir, que vocês têm obrigações amanhã!

Cada um se recolheu e Paulo também. Seu quarto estava vazio sem a presença da esposa. Já passara muitas noites fora, sem ela, quando em viagens, mas em sua casa era a primeira vez. Uma profunda solidão o envolveu, mesmo nas condições em que viviam ultimamente, impostas por ela. Sofria muito e sabia que o merecia, mas só a sua presença já lhe era um conforto.

A casa ficou toda em silêncio e, na sonolência que antecede o sono, um grito sufocado foi ouvido. Paulo pulou da cama e, percebendo vir do quarto de Eduardo, para lá se dirigiu. Abriu a porta repentinamente e encontrou-o sentado na cama, assustado. Logo após, chegaram os irmãos.

– O que aconteceu, filho?

– Estava quase dormindo e senti como se muitas pessoas tivessem se atirado sobre mim e me apertado a garganta. Consegui sentar-me imediatamente e gritei. Não sei precisar o que aconteceu, mas foi horrível!

– Deve ter sonhado! – disse-lhe o pai, querendo acalmá-lo.

– O senhor sempre acha que sonho! Por que não acontece todas as noites? Eu sonho muito, sim, mas é diferente! Agora foi... – e interrompendo o que ia dizer, pois não teria a explicação, logo completou – ...não sei o quê, mas queriam atacar-me!

– Nossa casa está virando um inferno! – interferiu Jane. – O melhor mesmo seria se nos mudássemos daqui! Quem sabe teríamos um pouco de paz!

– Já pensou, papai, se tudo começar de novo? – exclamou Dulce.

– A casa nada tem com isso!

Quando ele deu essa resposta aos filhos, o ser espiritual que comandava, emitiu novas ordens, e todos se distribuíram entre os filhos, intensificando a ideia de que o mal estava na casa. No mesmo instante começaram a insistir. Um falava, o outro completava. Novos argumentos surgiam, iniciando ali, diante de Eduardo, uma altercação muito acirrada, e Paulo foi obrigado a gritar para que parassem.

– Não veem que só estão piorando a situação? Devem tranquilizá-lo e não assustá-lo mais! Contenham seus ímpetos e pensem com clareza!

Quando o silêncio se fez, Eduardo novamente se manifestou:

ALMAS A CAMINHO DA REDENÇÃO | 167

– Sei que não sou mais criança, e não deveria dizê-lo, mas estou com medo!... Não conseguirei dormir! Tenho medo de ficar aqui sozinho...

– Quer que fique com você, filho?

– Gostaria, contudo o senhor tem suas ocupações, amanhã, e deve descansar.

– Nós descansaremos e dormiremos os dois, aqui, em paz! Trarei um colchão, como fiz para Dulce, uma vez!

– Está bem, mas o senhor dormirá na cama e quem vai para o chão, serei eu.

Tomada essa resolução, os outros, temerosos, voltaram a seus quartos, continuando a falar que o melhor mesmo seria deixarem a casa. Mais uma noite conturbada se fazia anunciar. Dois membros da família sofrendo de forma diferente, mas sentindo a influência daquelas entidades tão maléficas.

Paulo não conseguiu dormir. Seus pensamentos estavam desencontrados, não pela influência espiritual, mas pela lembrança das próprias ações e pelos últimos acontecimentos. Quantos fatos desagradáveis, a partir do momento em que aquela mulher resolvera atrapalhar-lhes a vida! Mas por que agora tudo continuava? O que desejariam, se aquela mulher não mais vivia? A casa não lhe interessaria mais!

Atraída por esses pensamentos, ela permaneceu junto dele, provocando-lhe saudades, lembranças da sua convivência e pensou muito nas filhas. Proporcionava-lhes todo o conforto material, porém, reconhecia, elas estavam muito sós. Visitava-as sempre, apressado, e parava pouco. Levava à criada o suprimento necessário para o suporte das despesas, fazia-lhe recomendações, mas o carinho que a presença constante do pai deve proporcionar aos filhos, ainda mais quando lhes falta a mãe, elas não tinham. Percebia, ao visitá--las, que eram mais tristes e mais caladas. Lamentava-se, porém, por enquanto nada poderia fazer.

Perpassou por muitos momentos de sua vida, até que voltou o pensamento para junto de Idalina, e deplorava o quanto ela sofria.

Aquele ser que junto dele se achegara, retirou-se, e entendeu que mais algum ato ainda deveriam realizar. Por que desperdiçar o tempo e deixá-los serenos o resto da noite? Passou pelos quartos e todos dormiam. Foi acordando um a um, fazendo-os despertar abruptamente, com muito medo. Fê-los sentir que algo ruim havia chegado e os acordara. Em menos de cinco minutos, ninguém mais dormia na casa! Somente Eduardo, velado pelo pai.

Por que só ele deveria dormir, perguntava-se. Já havia descansado bem do susto que levara, teria de acordar também, e assim o fez... Novamente ele deu um pulo e sentou-se brusca e rapidamente no colchão, assustando o pai, que se mantivera acordado, refletindo.

— O que foi, filho? Não está bem?

— Fui acordado repentinamente, como se algo não quisesse que eu dormisse!

— É impressão sua! Deite-se e procure dormir!

Eduardo obedeceu, mas muito tempo levou até que conseguisse conciliar o sono, acontecendo o mesmo com os outros.

Pela manhã, durante o café, depois de voltarem seus pensamentos à mãe, desejosos de saber como estaria, comentaram o acontecido da noite, e, pelas conclusões, ocorrera a todos no mesmo horário.

— Quanto a Idalina, antes de ir à indústria, passarei pela casa de tia Leda, para saber como está.

— Mamãe voltará hoje, papai? – perguntou-lhe Dulce. – A casa, sem ela, fica muito triste! Veja, tudo está diferente!...

— Ela ficará feliz em saber que estão sentindo sua falta! – exclamou o pai.

— Não podemos ir com o senhor? – voltou a falar Dulce.

— Vocês têm suas obrigações e não podem se atrasar. Eu levarei o abraço de todos, e, quem sabe, à hora do almoço, ela já esteja conosco.

De fato, Paulo foi à casa da irmã que o recebeu alegremente, dizendo que Idalina dormira bem toda a noite. Já estivera com ela, mas não a deixara se levantar.

ALMAS A CAMINHO DA REDENÇÃO | 169

— Quero ir vê-la, Leda!

— Depois você irá! Antes, vamos conversar um pouco. Ontem à noite não nos foi possível, mas precisamos esclarecer alguns pontos!

— O que quer saber?

— Em que está pensando em razão do que vem ocorrendo em sua casa?

— Não sei! Não vejo nada que possa ter dado continuidade àquele trabalho, uma vez que ela morreu! Quem mais poderia querer a mansão?

— Disse-o bem, Paulo — ela morreu! Esqueceu-se de que, morto o corpo, o espírito fica liberto para fazer o que deseja, ainda mais quando imbuído de sentimentos maléficos frustrados?

— Você não quer dizer que ela continua a atuar em minha casa?!...

— Eu não sei, mas tudo leva a crer!...

— Recuso-me a acreditar!

— Recusando-se ou não, ela pode estar agindo assim. Pense seriamente nisso! Lembra-se de onde ela saía, quando morreu, e os propósitos que alimentava?

— Como esquecer aquele dia?

— Pois então! O seu pensamento estava tão fortemente ligado àqueles desejos, que, ao despertar do adormecimento da morte, ainda mais tão violenta como o foi, voltou-se inteiramente contra você, querendo ainda expulsá-los da casa.

— É impossível, Leda! O que ela faria com a casa agora?

— Eu não sei, mas sinto muito fortemente que ela deve estar lá! Lembre-se de que atacou mais justamente Idalina, o empecilho maior para que não tivesse obtido o que pretendia! Talvez morar com você na mansão...

— Se assim pensa, alguma providência deverei tomar! O que farei? A quem recorrer?

— E se voltasse ao local aonde fomos na tarde do acidente? Você ficou de voltar.

— Não senti mais necessidade, desde que tudo havia asserenado com a sua morte.

– Pois volte e faça perguntas. Ele deve saber. Vá como alguém que sabe exatamente o que foi feito. Diga-lhe que ela lhe confessou seus intentos, até o lugar onde havia ido.

– Não gostaria de voltar lá, entretanto, como está, não pode continuar. Em nossa casa, esta noite, ninguém teve sossego depois que saíram. As crianças, assustadas, não conseguiram dormir, e Eduardo sentiu como se lhe apertassem a garganta.

– Lembre-se de que ao deixarem a casa, tudo melhora.

– Tem razão. Idalina pode nos comprovar isso.

Encerrada esta conversa, Paulo foi ao quarto onde a esposa descansava. Nem mesmo alegria ao vê-lo, ela demonstrou. Ele permaneceu pouco tempo, perguntou se queria que fosse buscá-la à hora do almoço, mas ela respondeu que ainda não sabia. Resolveria, e, se quisesse ir, telefonaria ao motorista para ir buscá-la.

– As crianças estão sentindo sua falta e mandaram-lhe um beijo. O nosso quarto, também, sem você, estava vazio e triste.

Ela nada respondeu, e ele retirou-se, levando em seu pensamento as palavras de Leda e o receio até de entrar em casa, sendo observado em todos os seus atos por aquele ser que tantos embaraços já lhe trouxera, se é que realmente lá estava.

21
ESTRATÉGIA

MAIS PREOCUPAÇÕES AINDA ocupavam a mente de Paulo. Nunca imaginara que aquele ser espiritual pudesse estar perturbando o seu lar. Mas o que Leda dissera fazia sentido. Tão obstinada havia se mostrado em suas aspirações, que era bem provável que, por vingança de não as ter concretizado e até de ter partido tão cedo, sem desfrutar da vida o que esperava, tivesse mesmo se voltado contra ele e todos os seus familiares.

Se dona Carminda ajudara uma vez, retirando aqueles espíritos que lá estiveram em atividade demolidora, poderia ajudá-los novamente. E se fosse a continuidade do mesmo trabalho, e ela viera para engrossar as fileiras daqueles que já haviam andado por lá? Ah, como o invisível é pleno de mistérios insondáveis, pensava. A certeza de que algo havia, mostrava-lhe dois caminhos. Se fosse ao centro, correria o risco de novamente não poder ser atendido. Mas já havia contado a dona Carminda todos os acontecimentos, e até se referira à paz na qual estavam vivendo, não fosse a atitude de Idalina. Pelo menos as perturbações anteriores haviam passado, mas, no seu pouco conhecimento desses *mistérios insondáveis*, poderia estar cometendo algum outro engano.

Deveria, pois, de início, voltar ao *Conserte a sua vida*, e quem sabe consertassem a sua, pensou jocosamente, apesar de tão preocupado. Lá eles teriam alguma informação para lhe dar, e faria como Leda o instruíra. Falaria como quem estivesse ciente de tudo e queria o andamento do trabalho. Poderia dizer até que fora em nome dela, para saber da sua continuidade, sem falar que era o atingido...

Tomada essa decisão, lembrou-se de que deveria marcar hora. Possuía o número do telefone, e faria uma consulta sobre a possibilidade de ser atendido àquele dia mesmo. Com esse objetivo, chegou à indústria, fez o telefonema e foi informado de que ainda havia alguns horários livres para aquela tarde. Marcou o primeiro, para não atrapalhar os seus afazeres e, às duas horas, deveria estar lá.

No meio da manhã, tornou a entrar em contato com a irmã para saber da resolução de Idalina, e contou-lhe que, à tarde, voltaria àquele local.

Ela ainda permanecia na casa de Leda, sem nenhuma vontade de voltar para o seu lar. Estava bem, nada mais a perturbara. Todavia, se atentássemos mais agudamente, e tivéssemos a possibilidade de ver com os olhos do espírito, conseguiríamos alcançar, meio à distância, uma entidade realizando um trabalho muito sutil, para não ser percebida. Insuflando-lhe o sentimento da insatisfação em seu lar, o receio de que seu mal retornasse, aumentava-lhe também as proporções do seu problema com o marido. E nos momentos em que sua mente se voltava aos filhos, logo era dispersada pela lembrança de que já eram crescidos e ficariam bem sem ela, que deveria pensar em si própria.

Tantos pensamentos de repulsa à sua casa anulavam-lhe qualquer desejo de voltar. Um trabalho de muita inteligência e sutileza, ordenado por aquele ser que lhe dera paz a noite toda. Conquanto deixando-a bem, fora de casa, tinha que impedir a sua volta.

À hora do almoço, todos os filhos voltaram ao lar na esperança de encontrá-la e decepcionaram-se. Imediatamente Jane fez uma ligação telefônica para a casa da tia e falou com a própria mãe, que disse estar bem, mas ainda tinha receio de voltar. Ficaria mais aquele dia, até consolidar melhor o seu bem-estar. A uma manifestação de Jane de visitá-la, à tarde, com os irmãos, foi demovida por ela, que

ALMAS A CAMINHO DA REDENÇÃO | 173

disse pretender estar distante de todos, pelo menos aquele resto de dia. Que não se preocupassem, cuidassem de suas obrigações, mas a deixassem repousar.

Quando Paulo chegou, desejando comunicar-se com ela, foi impedido pelo que Jane lhe contou. Ele percebera, pela manhã, muitas mágoas, como se ela o acusasse de tudo o que passavam, e preferiu manter-se à distância.

Almoçou rápido e saiu, alegando compromissos e, um pouco antes do horário marcado, voltou àquela rua, onde, acontecimento tão funesto transtornara muito mais a sua vida. Entrou e logo foi introduzido na sala onde um homem, sentado atrás de uma mesa, o aguardava. Foi-lhe indicado que se sentasse diante dele e expusesse o seu caso. Nada havia de estranho no local àquela hora. Nenhum objeto, nenhuma vela, nenhuma imagem, apenas a sua mesa, duas cadeiras para os consulentes, e, encostado a uma parede, um grande armário.

Estranhou aquela simplicidade e lembrou-se dos instrumentos. Estariam eles guardados no armário? Que instrumentos seriam?

Começou a sua narrativa dizendo que vinha da parte de uma sua antiga consulente, uma que sofrera um acidente ali perto, quando o fora visitar. Ele estava a par do que ela desejava e queria dar continuidade ao trabalho encomendado, para conseguirem a mansão. Disse que ali nunca estivera, mas era seu parceiro no negócio, e, com a sua morte, nada estava conseguindo. O homem entendeu suas explicações e tinha essa lembrança bem marcada em sua memória, pelo acidente havido e pela ausência definitiva da sua cliente assídua.

– O que foi realizado? Preciso saber, para ver se dou continuidade ao que ela pedira ou mudamos de tática.

– Ela encomendara um trabalho para desalojar os moradores de uma mansão – respondeu-lhe.

– Sim, isso estou bem a par, mas desejo saber que tipo de trabalho o senhor realizou.

– Ela me havia feito metade do pagamento, ficando em pendência a outra metade, para quando a mansão estivesse vazia.

Como soube de sua morte, e ninguém mais apareceu aqui, suspendi a nossa ação.

— Então, depois da morte dela, nada mais foi feito?

— Nada mais. Se quiser, poderemos começar tudo de novo....

— Mas, se não deu resultado naquela ocasião, o que fez que não conseguiu? Agora seria preciso mudar....

— Não conseguimos porque foi interrompido. Quando começamos, vamos devagar e intensificamos aos poucos.

— Compreendo. É um plano muito inteligente. O senhor trabalha com instrumentos?

— Todos os que forem necessários para conseguirmos os fins desejados.

— Como é um trabalho com instrumentos? Por exemplo, aqueles que causam dores e nenhum médico consegue diagnosticar? Esse é que é um bom trabalho!...

— Temos instrumentos para o de que precisamos, mas os que causam dores, são dos mais simples!

— Simples?! E como causam tanto sofrimento?

— Temos pequenos bonecos que são nossos instrumentos, representando o ser que queremos atingir. Todos nomeados! Nesses bonecos, introduzimos objetos pontiagudos, espetando-os no local que desejamos provocar a dor, e tudo se realiza!...

— Só isso e a pessoa começa a sentir dores?

— Nenhuma dor seria provocada, se não houvesse aqueles do plano invisível que trabalham para nós! Os bonecos são apenas pontos de referência! Penso ter falado demais! Não costumo dar detalhes do que realizamos, e o fazemos de acordo com a necessidade do caso, sem que o cliente tome conhecimento dos nossos procedimentos. Acho que simpatizei com o senhor e, por isso, mesmo sem o hábito, contei-lhe tudo! Mas, diga-me, o que deseja realizar? Quer dar continuidade àquele trabalho?

— Eu voltarei. Terei de pensar para conseguir o que pretendo, o mais rápido possível. Eu voltarei.... Sei que seu preço é alto, mas pagarei, pois vale a pena!

ALMAS A CAMINHO DA REDENÇÃO | 175

– O meu preço não é alto, é de acordo com o valor do trabalho!

– Eu entendo. Quanto devo lhe pagar pela consulta?

– Acerte com minha secretária. Ela lhe dará o preço. Quando é apenas consulta, o valor é fixo.

– Agradeço a sua atenção, e vou pensar melhor.

– Aqui estamos à sua disposição. Lembre-se de que o nosso preço é cobrado conforme o trabalho e a dificuldade que apresenta.

Paulo deixou a sala, efetuou o pagamento e encaminhou-se para o carro, rapidamente. Levava a certeza de que dali nada partira em direção à sua casa. Nada saía sem pagamento, e, desde que ela não mais voltara para alimentar a sua voracidade monetária, o trabalho fora interrompido. Só lhe restava a outra alternativa, mas essa, deixaria para o dia seguinte. Deveria voltar à indústria, e, no fim da tarde, sair mais cedo para ver Idalina. Mesmo com a sua indiferença e aquele silêncio acusador, iria vê-la. Contaria a Leda e mesmo a ela o que fizera, e as conclusões a que chegara.

O seu trabalho foi calmo, e, ao sair da indústria, novamente foi à casa da irmã, encontrando Idalina bem disposta, na sala, conversando com Leda e alguns dos sobrinhos. Um deles, uma menina, vendo-o entrar, perguntou-lhe entristecida:

– O senhor não veio buscar titia, não é mesmo? Ela disse que ainda hoje ficará conosco!

– Não, minha querida, apenas passei para saber se ela melhorou, mas nem preciso perguntar. Vejo que está bem.

– Tem razão, Paulo. Idalina passou a tarde muito bem, descansou algumas horas e levantou-se melhor ainda – esclareceu Leda, vendo-a calar-se à chegada do marido.

– Pretende voltar ou ainda ficará? – perguntou Paulo, querendo fazê-la falar.

– Hoje não volto, e amanhã, vou pensar.

– Como vai pensar? Que fique hoje, eu entendo, mas se já está bem, ao menos amanhã deve voltar. Falei com as crianças hoje, no meio da tarde, e elas estão sentindo a sua falta – explicou-lhe Paulo.

– Elas não são mais crianças. Podem ficar sem mim.

– Não diga isso! Você sempre amou nossos filhos e dedicou-se muito a eles! Como pode afastar-se assim, sem sentir saudades? – insistia.

– Preciso pensar em mim. Até agora só pensei nos outros e nada ganhei com isso! De agora em diante, a minha vontade virá em primeiro lugar, e ela me diz que não devo voltar!...

– Aborrece-me ouvi-la falar assim.... Nunca ninguém desprezou as suas vontades, e você sentia-se bem como vivia.

– Disse-o bem! Sentia-me bem, mas agora não me sinto mais!

Vendo que de nada adiantaria continuar um diálogo infrutífero, ainda mais diante das crianças, ele resolveu encerrar aquele assunto, e acrescentou:

– Tenho algo importante a dizer, do que fiz hoje à tarde...

– Você foi? – interrompeu-o, ansiosa, Leda.

– Sim, fui, e me saí muito bem! Nada do que pensava é verdade! Encerraram o serviço pela ausência de quem o encomendara, e a consequente falta do pagamento que restava.

– De que estão falando, mamãe? – perguntou-lhe a menina.

– De negócios, filha! De um trabalho que foi iniciado, mas a pessoa que o encomendou não pagou mais, e ele foi suspenso – explicou-lhe Leda. – O que pensa fazer? – continuou, dirigindo-se a Paulo. – Há a outra possibilidade, que, tenho certeza, é o que lhe falei...

– Amanhã, tentarei a outra pessoa!

Mesmo sem entrar em detalhes por causa das crianças, Idalina pôde perceber alguma coisa, embora não tivesse o todo nem o que se planejava. Leda nada lhe dissera. Não queria assustá-la mais, e, se o fizesse, ela nunca mais voltaria para casa.

Preocupado com os filhos, Paulo retornou, e aquela entidade que trabalhava a mente de Idalina, demovendo-a de voltar, mais uma vez ficara feliz, cantando vitória e se autoelogiando pela sua eficácia no desempenho da tarefa.

22
UMA FESTA DIFERENTE

PAULO CHEGOU À casa levando novamente a decepção aos filhos.

– O que está acontecendo com mamãe? – perguntou-lhe Eduardo.

– Se ela estivesse bem, já estaria aqui! – acrescentou Jane.

Cada um foi dando a sua opinião, tristes ainda pela sua recusa em recebê-los, e Dulce completou:

– Mamãe deve estar com a mente transtornada!... Se o senhor encontrou-a bem, por que não voltou? Deve ser como me senti aquela vez, embora com ela esteja sendo diferente! Cada vez se utilizam de um processo!

– Não é nada disso! Não coloque suposições em sua cabeça. Sua mãe tem direito de descansar um pouco. Deixemo-la sossegada até que resolva retornar.

O jantar foi triste, e, à noite, não sabiam onde ficar, nem o que fazer, sem a presença da mãe. A hora do repouso chegou, cada um encaminhou-se para o seu quarto, e o silêncio tomou conta da casa. Logo todos pareciam dormir.

O grupo de entidades que lá permanecia, passou o dia sem receber nenhuma ordem. Mas a noite chegara e o descanso terminaria. O trabalho noturno é muito melhor.... As sombras da noite contribuem com uma parte, o silêncio contribui com a outra, e o resto ficaria por conta deles... Reunidos, ouviram aquela que os comandava, dizer:

– Hoje não nos ocuparemos de um só, não! Somos um número suficiente para nos distribuirmos entre todos. São cinco filhos! Dará mais ou menos cinco de nós para cada um. Do pai, tomo conta sozinha!

– Mas o que faremos ao mesmo tempo? – indagou um deles.

– Nada deverá ser igual, senão uma só providência servirá para todos! Cada um terá o seu problema e o pai se verá louco, sem poder atendê-los ao mesmo tempo – explicando o que pretendia, dividiu as equipes, e ordenou: – Partamos para a nossa festa!

A esta ordem, todos saíram em busca de sua presa. Era necessário, antes de tudo, que acordassem assustados. No quarto de um promoveram gemidos, no de outro risos. Jane acordara sob uma forte pressão na cabeça, deixando-a muito nervosa e aflita. João e Sílvio, que haviam passado ilesos até então, ficaram muito assustados. Levantaram-se e foram à procura do pai, que já estava envolvido pelos enleios daquele ser. Também acordado, pensava muito nela com saudades, mas os filhos começaram a bater em seu quarto. Levantando-se rápido, ouviu a queixa de cada um. Haviam sido acordados de forma estranha e ficaram temerosos. Suas mentes estavam confusas, e todos disseram que tiveram ímpetos de deixar o quarto imediatamente e de até saírem à rua. Jane acusava forte dor de cabeça. Paulo não sabia a quem ouvir, ao mesmo tempo via-se sem ação, pelo envolvimento dela. Mas a insistência maior e unânime, provocada pelas entidades, era para deixarem a mansão.

– Temos que nos mudar desta casa, papai! Precisamos de um pouco de paz, e aqui não a teremos mais!...

Esse clamor foi se intensificando, cada um falando a seu modo e ao mesmo tempo, como se cobrassem do pai uma solução.

– Pelo amor de Deus, fiquem quietos! Assim só pioram a situação!

Paulo pedia aos filhos que se acalmassem e voltassem a seus quartos, mas, assustados, tinham medo. A proteção que sempre lhes davam, tanto Idalina quanto ele, naquele momento era

ALMAS A CAMINHO DA REDENÇÃO | 179

impossível. Como acompanhar os cinco? Como estar com cada um ao mesmo tempo?

Sua mente também não estava tão equilibrada pelo envolvimento dela, e via-se transtornado, por isso gritara com os filhos. Sem solução satisfatória e aborrecido por tanto barulho à sua volta, disse-lhes:

– Se não querem voltar a seus quartos, sentem-se, os cinco, na sala, e fiquem lá! Um fará companhia ao outro e não terão mais medo!

– E passaremos o resto da noite, sentados, sem dormir? – perguntaram.

– Não vejo outra solução. Se não quiserem, vão dormir em suas camas.

– O senhor tem que tomar uma providência – reclamavam.

– O que posso fazer, filhos? Nem mesmo sabemos o porquê de tudo isso!

– Faça o que fez quando aconteciam os gemidos!... – insistiam.

– Mas agora não são gemidos!

– Eu ouvi gemidos em meu quarto! – reclamou Sílvio.

– No meu, eram risos sarcásticos! – acrescentou João.

– Não vão repetir tudo outra vez!... Resolvam! Se quiserem ficar na sala, ficarei com vocês, do contrário, voltem a seus quartos e procurem dormir!

– Eu não volto para meu quarto! – reclamava Dulce.

Com tanto falatório, nem Jane foi atendida em sua dor. Ela nada falava, apenas se encostara à parede e comprimia a cabeça, como que tapando os ouvidos para diminuir a intensidade do barulho de tantas falas ao mesmo tempo, até que o pai, vendo-a naquela situação, aprestou-se em procurar-lhe um medicamento.

– Vão para a sala que vou providenciar um remédio para Jane! Esperem-me lá!

Atendendo ao pedido do pai, procuravam acomodar-se o melhor que puderam nas poltronas e sofás, e lá ficaram. Jane tomou seu medicamento, mas em nada melhorou.

Do outro lado, o do invisível, a satisfação era grande, e a azáfama, intensa.

Enquanto permaneceram junto do pai, a chefia determinou uma interrupção, mas... quando todos se acomodaram, ela ordenou:

– Não quero ninguém dormindo aqui, esta noite! Cada um tome conta de seu pupilo! Fiquem à distância e aguardem! Assim que começarem a querer adormecer – pronto – novo susto, para que acordem imediatamente e até falem das suas sensações. Não é preciso mais nenhum grito, nenhum gemido, nenhum riso... O trabalho será silencioso e, por isso mesmo, tem que ser bastante eficaz. Disse-lhes que seria uma noite de festas e assim o será!

Ninguém dormiu um segundo, na casa. Mesmo na sala, aos olhos do pai que também se manteve vigilante, ainda envolvido por aquele ser invisível, a cada instante era um que parecia assustar-se. E assim foi, até que o dia trouxe novamente as luzes que dissipariam sombras tão negras, tão assustadoras!... Nenhum deles tinha condição de sair para suas atividades. O sono os envolvia, o medo ainda estava em cada coração. O pai recomendou-lhes que ficassem em casa, tomassem um banho, se alimentassem e fossem descansar. Nem todos podiam seguir o seu conselho, por compromissos importantes para o dia, embora tendo a certeza de que não se sairiam bem.

Paulo também tomou seu rumo, e passou pela casa de Leda antes do trabalho. Queria saber da esposa e pedir à irmã que lhe providenciasse, junto à dona Carminda, uma oportunidade para conversarem – a hora que fosse – mas que não demorasse, pois a situação era deveras aterradora. Contou-lhes o sucedido da noite, ocasião em que Idalina mais o acusou.

Assim que ele saiu, Leda empenhou-se através do telefone, conseguindo a entrevista para o mesmo dia, depois das quatro horas.

Idalina recusava-se ainda a voltar para casa, mas não pôde evitar de receber os filhos naquela tarde. Depois de descansar, todos foram vê-la, sem avisar nem pedir permissão. Reunidos, os problemas da noite novamente foram expostos, cada um demonstrando muito medo.

– Volte para casa, mamãe! – insistia Dulce. – Estamos sofrendo muito pela sua ausência.

– Pelo que me contaram, agradeço a Deus não ter estado lá. Ficaria muito nervosa, e talvez o meu problema retornasse, até mais forte! Aqui estou bem e, enquanto Leda me suportar, não voltarei!

– Não vai voltar nem hoje, mamãe? – perguntaram os outros, decepcionados. – Temos medo de dormir e que aconteça o mesmo outra vez.

– Pois então! Se eu for, pode ser pior! Quero ficar afastada de lá, até que seu pai tome alguma providência!

– Também quer que nos mudemos, mamãe? – perguntou Dulce.

– Se me perguntasse há tempos atrás, antes dos nossos problemas começarem, eu diria que por nada deixaria a mansão, mas agora, não sei mais!... Permanecer lá, está muito difícil!

– A senhora tem razão. Precisa insistir com papai para nos mudarmos – repetiam.

– Tudo vem a seu tempo – respondeu-lhes a mãe.

– E, enquanto isso, ficamos sofrendo? Até quando suportaremos? Pense bem, mamãe, a nossa vida virou um inferno! Acho que estamos vivendo numa casa *mal-assombrada*, daqueles filmes de terror! – manifestou-se Eduardo.

– Não fale assim!

– Nós temos medo! Volte conosco! – insistia Dulce.

– Ainda não! Se não fosse abusar de Leda, gostaria de tê-los todos aqui comigo, mas não podemos perturbá-la mais. Ela já tem nos ajudado muito.

– E papai? – indagou Dulce novamente, tomando a frente da conversação.

– Ficaria lá sozinho, até compreender que deve fazer alguma coisa! – respondeu outro dos filhos.

– Ele está procurando resolver esse problema. Hoje irá falar com aquela senhora que já nos ajudou uma vez. Agora mesmo, deve estar lá. Aguardemos alguma solução.

– É... mas e hoje?... – perguntaram.

– Esperemos, filhos.

23

NO CAMINHO CERTO

ENQUANTO IDALINA RECEBIA a visita dos filhos, Paulo estava em sua empreitada para tentar aliviar os problemas da família, expondo a dona Carminda o pensamento de Leda e os últimos acontecimentos.

Recebido com a amabilidade que lhe era costumeira, foi conduzido à mesma sala tão sua conhecida, onde já havia levado situações difíceis e tivera palavras de encorajamento.

– Sinto-me constrangido de sempre perturbá-la com nossos problemas, mas não tenho ninguém mais a recorrer. Falo com a senhora abrindo totalmente o meu coração, e como tenho recebido muito conforto, estou voltando para trazer-lhe mais um pouco das nossas aflições.

– O que o está inquietando, agora, filho?

– Os problemas em meu lar retornaram todos. Não quero dizer com isso que estivéssemos vivendo muito bem – sabe o que envolve a mim e a minha esposa. Mas meus filhos de nada souberam e, aparentemente, até entre mim e Idalina tudo vai bem. Todavia, de uns dias para cá, a situação se agravou muito...

Narrando-lhe os acontecimentos que atingiam a todos no lar, acrescentou também a suposição de Leda, esperando algum esclarecimento. Ela ouviu-o atentamente, e quando ele terminou...

– Então até dona Idalina foi atingida desta vez, e de forma tão violenta assim?

– Sim, e o pior é que ela se recusa a voltar para casa, não se importando se os filhos estão sós ou não! Há alguma coisa que possa fazer a nosso favor? – perguntou-lhe, aguardando ansiosamente a resposta.

– Não posso afirmar que faremos ou não, da forma como o entende. Digo-lhe que tentaremos mas, quanto a conseguir, entregamos nas mãos de Deus. Sempre nos dispomos a trabalhar e o fazemos com amor, mas não podemos prever os resultados que só a Ele cabem.

– Irá nos ajudar, então?

– Ninguém bate à nossa porta, sem receber ajuda, a não ser que fuja à nossa capacidade, mas, mesmo assim, auxiliamos com nossas preces.

– Entendo, senhora, e agradeço muito! Quando esteve em nossa casa, lembra-se? ficamos bem durante muito tempo, sobretudo as crianças. Agora, penso que o problema seja diferente, e novas soluções possam encontrar.

– Far-lhe-emos uma nova visita, e esperamos obter, senão um alívio total, ao menos algum esclarecimento através do qual possamos continuar a ajudar.

– Não poderão fazê-lo de uma só vez, como já o fizeram?

– Como não sabemos com quem estaremos lidando, não podemos prever.

– E quanto à possibilidade de tudo ser provocado por aquela mulher?

– Isto não posso lhe afirmar! Só depois que formos até lá em nome de Deus é que tentaremos trazê-la à comunicação para melhor orientá-la...

– Seria muito bom se isso ocorresse, por causa de Idalina que deverá estar presente. Aquela mulher não tinha linha nem piedade e poderá ofendê-la.

– Não posso fazer de forma diferente! Outro modo não possuo, a não ser que alguém a veja através da vidência, e a descreva; todavia, espíritos dessa natureza podem até mudar de aparência, se já não a

ALMAS A CAMINHO DA REDENÇÃO | 185

tem afetada por tantos males praticados. Mesmo assim, se lá estiver, é bom que venha à comunicação para poder ser ajudada. Aguardemos, pois, e a única solução que vejo, se teme por isso, é que sua esposa não participe! Tão magoada anda, que talvez seja preferível não participar. Se conseguir que ela volte ao lar, faremos a preparação como da outra vez, e ela poderá então permanecer com os filhos.

– Idalina é muito determinada e talvez não aceite, ainda mais que não lhe falamos dessa possibilidade.

– Poderemos convencê-la pelo seu estado de saúde.

– Fico esperançoso e entrego nossas aflições em suas mãos, para que alguma solução possamos ter.

– Auxiliamos com amor, porém, as aflições que quer nos entregar, Paulo, entregue-as a Deus, com o firme propósito de nunca mais cometer delitos que lhes tragam consequências tão desastrosas.

– Perdoe-me, senhora! Às vezes esqueço-me de que sou o responsável por tudo o que ocorre em meu lar. Mas estou sofrendo muito e arrependido de tudo.

– Por falar nisso, como estão suas filhas, aquelas que ficaram sem a mãe?

– Visito-as o mais que posso, mas sempre muito rapidamente. Provejo todas as suas necessidades através da pessoa que está tomando conta delas, no entanto sei que se sentem só, pela falta da mãe!

– Vai deixá-las sempre assim?

– Não sei até quando poderei contar com a pessoa que mora com elas, e penalizo-me por essa situação, mas, por enquanto, não vejo outro meio... Quando pretende nos visitar para nos atender?

– Assim que reunir o grupo, pelas possibilidades de tempo de cada um. Eu o avisarei.

Novamente teriam a ajuda de que tanto necessitavam, e Paulo, ao se retirar do centro espírita, passou pela casa de Leda. Imaginava convencer Idalina a voltar, conquanto sabendo que nenhum argumento encontraria ressonância no seu coração magoado. Falou da visita que fizera com o intuito de levar-lhe um pouco de esperanças, mas ela não demonstrou nem alegria, nem expectativa, apenas indiferença. Aquela casa não lhe significava mais nada...

Idalina falou da visita dos filhos, e Paulo aproveitou para perguntar-lhe se não desejava voltar, mas ela nada respondeu. Parecia que o assunto já fora encerrado, mesmo ouvindo-o dizer que ela não poderia permanecer ali indefinidamente. Tinha sua casa, sua família, não fez referências a si próprio, para não agravar mais a situação, contudo ela mantinha-se irredutível. Ele, ainda insistente, indagou-lhe:

— Ao menos quando tivermos um trabalho mediúnico lá em casa, para aliviar os nossos problemas, você irá?

— Qual trabalho mediúnico aliviará as minhas mágoas, diga--me? — perguntou a Paulo.

— Essas, quando conseguir me perdoar e me aceitar como antigamente, pois sabe que sempre a amei, seu coração estará mais aliviado! Sei que errei muito e me arrependo, mas não posso apagar o que está feito. Se procurar me entender e perdoar, sentir-se-á melhor! Se julga que não mereço o seu perdão, faça-o por você mesma, querida!

— Não me chame de querida! Soa-me muito mal! — contestou Idalina.

— Responda-me, então! Quando tiver a confirmação do trabalho em casa, você irá?

— Não sei! No momento decidirei...

Leda, que a tudo ouvira, interferiu:

— Eu a levarei, Paulo. Se me permitirem, gostaria de participar, senão, ajudarei com minhas preces e permanecerei com as crianças.

— Suponho que não haverá impedimento algum. Tem estado sempre conosco em nossos momentos de aflição, e só ajudará.

— Pois Idalina irá comigo!

A conversa foi encerrada e Paulo retirou-se. Mais uma noite de perturbações o aguardava, como havia sido a anterior. Apenas não sabia o que aconteceria, qual a artimanha a ser utilizada para tirar-lhes a tranquilidade.

Durante o jantar pouco conversaram. Os filhos falaram da visita feita à mãe, estranhavam a sua atitude de não querer voltar para casa, mas a alegria costumeira, quando todos se reuniam, não havia mais. A mãe não estava, os problemas eram muitos, mesmo não sabendo do maior deles. Temiam a noite que chegara, mas o pai asserenou-os dizendo que logo teriam ajuda, fosse o que fosse que os perturbava.

O ser que ali se fazia invisível, ouvia todas as conversas, e estava a par do que ocorreria na casa, mas não se assustou, apenas pensou de si para consigo: – Quero ver qual a força que me afastará desta mansão! Podem fazer o que quiserem, que nada me atingirá! Daqui não sairei e não poderão me obrigar! Eu é que vou lhes preparar alguma peça e divertir-me bastante. Não fugirei, porque ninguém conseguirá enfrentar-me!

Aquela noite foi tranquila. Puderam dormir sem que fossem perturbados, porque o pensamento dela era outro. Estava ansiosa para ver o que aconteceria.

Ela contava apenas com a sua pequenez de atitudes e conhecimento; não sabia quais as forças que se impunham no bem, e qual a intensidade de recursos que o mundo espiritual movimenta, quando em tarefa de auxílio. Qualquer ação que sua inteligência maligna quisesse preparar poderia ser nulificada em segundos, se os auxiliares do plano maior, que ali estivessem em ajuda, entendessem que o seu trabalho estava terminado. Se continuasse, era porque ainda não era o momento. Mais empenhos deveriam ser feitos, a fim de que, na hora certa, aquela entidade apegada ao mal pudesse compreender que outras paragens a aguardavam, aquelas da modificação, do bem, e para isso seria preparada.

Mais dois dias passaram. A ansiedade de Paulo era grande, quando recebeu a comunicação de dona Carminda, de que iriam naquela noite. Foi instruído que permanecesse, durante o resto daquele dia, o mais possível com o pensamento ligado a Deus, em oração, suplicando a sua ajuda, para maior sucesso do trabalho. Perguntou se dona Idalina havia voltado e, obtendo resposta negativa, pediu lhe comunicasse, a fim de que ela também comparecesse e se preparasse, durante o dia, da mesma forma.

Idalina, sem muita vontade, foi levada por Leda, e, ao entrar na própria casa, parecia estar chegando a um lugar estranho, que não lhe oferecia nenhum bem-estar nem satisfação. A entidade sofredora encarregada de estar com ela também acompanhou-a, tendo sido energicamente advertida por tê-la deixado voltar.

A expectativa era grande de ambos os lados. Para aquele ser atormentado que ali estava em empreitada demolidora, seria uma experiência nova e, confiante em suas possibilidades, quisera permanecer para divertir-se com todos. No entanto, o que ocorria naquele local, desde há algumas horas, fugia à sua percepção grosseira. Um cordão de luz muito intensa cercava toda a casa e impediria qualquer reação da parte deles. Caso quisessem fugir, mesmo não vendo aquela luz, não conseguiriam. Sentir-se-iam impedidos, como que paralisados, sem entenderem o porquê. Tudo preparado, e, um pouco antes do momento aprazado, o pequeno grupo chegou – o mesmo que já ali estivera.

24

REVOLTA

TODOS SE ACOMODARAM na sala, uma página de *O Evangelho segundo o Espiritismo* foi lida, mas desta vez não foi oferecido o livro a quem o quisesse, mas pedido diretamente a dona Idalina. Ao abri-lo, ela surpreendeu-se pelo tema, que não era outro senão sobre o *Perdão das ofensas!* Lia-a atentamente, e, às vezes, interrompia a leitura por segundos, levantando os olhos em direção a Paulo, que, mantendo-se de cabeça baixa e atento, não percebeu. Concluído o texto, dona Carminda achou oportuno um pequeno comentário que serviria tanto para Idalina como para as entidades que ali permaneciam, principalmente se fosse quem supunham. A prece foi proferida por ela mesma, e, em seguida, em conjunto com seus companheiros presentes, transmitiram passes a todos os familiares.

Os espíritos que ali estavam, ficaram a um canto, ouvindo e observando, mas nada do que fora lido e explanado, muito menos as preces, penetraram-lhe o íntimo com intenções de renúncia ao que praticavam. Eles não sabiam, mas estavam sendo observados pelos benfeitores espirituais que auxiliariam, e os deixavam à vontade naquele momento.

Os filhos foram retirados da sala e sugerido foi, a Idalina, que poderia permanecer com eles, sem participar, uma vez que andava adoentada. Mas nenhum argumento conseguiu demovê-la do desejo de estar presente, e saber tudo o que se passaria.

Como da vez anterior haviam se reunido no quarto do velho avô, Paulo perguntou onde ficariam. Mas a senhora, não vendo na sala nenhum empecilho, pediu apenas que fechassem a porta que a separava do local onde seus filhos se encontravam, e permaneceriam ali mesmo.

Novas preces, agora direcionadas às entidades presentes na casa, foram proferidas, e foi iniciado o trabalho, pedindo-lhes que viessem à comunicação e falassem da finalidade de estarem atrapalhando o bom andamento do relacionamento familiar, assustando-os durante a noite, e provocando até males físicos.

Após algum tempo, um dos médiuns sentiu um envolvimento e começou a transmitir a palavra do espírito, que, sem saber como, se vira desligado do grupo do qual participava e foi obrigado a falar. Ele relutava, fora orientado pela chefe que nada dissesse, mas, tão premido se via por uma força até então desconhecida por ele, que não conseguiu se eximir. Era justamente aquele que acompanhara Idalina em casa de Leda, trabalhando-lhe a mente para que não voltasse mais. Perguntado sobre o seu interesse em tirá-la de casa, revelou que, por si próprio, não tinha nenhum, mas cumpria determinações de sua chefe que desejava ver a casa vazia, e até fora severamente advertido por não ter conseguido retê-la fora, para a realização daquela reunião.

Todos compreendiam o que se passava, e nada mais precisava ser explicado – tudo estava esclarecido! Ofereceram-lhe ajuda que ele aceitou, com receio de represálias. Enquanto falava, os amigos espirituais iam retirando do grupo, um a um, sem que passassem pela comunicação, que eram muitos. Fazia-os ficar atentos nas palavras do companheiro e, usando de seus argumentos, conjugados com a força moral que possuíam, convenciam-nos a também se retirar. Era-lhes impossível resistir.

Colocaram mais um outro à palavra, para continuarem esse trabalho de retirada dos companheiros, deixando-a para o final. Ela seria trazida e também falaria. Aquela vontade de divertir-se, de rir muito de todos, já havia se apagado. Estava enraivecida e procurara

ALMAS A CAMINHO DA REDENÇÃO | 191

por todos os meios escapar, porém, aquele cordão anteriormente colocado em torno da casa, a impedia. Deixaram-na tentar por diversas vezes, para mostrar que ela não possuía mais a liberdade para fazer o que desejasse. Ela pretendia sair e, quando todos se retirassem, arrebanharia novos companheiros e retornaria. Todavia, nada aconteceu conforme esperava. Quando entenderam que era a vez dela, após um dos seus comandados ter terminado contando também o que realizavam, foi tolhida em seu desejo de se furtar ao que considerava uma *armadilha*, e trazida à comunicação.

Ao ser colocada junto do médium – fora escolhido o que apresentava melhores condições, tanto mediúnicas quanto físicas devido ao estado de irritação de que ela era portadora – ele sentiu o peso e a intensidade dos fluidos muito deletérios. E, captando os seus sentimentos e intenções agressivas, pediu que preces fossem efetuadas, pois um espírito muito revoltado estava junto dele. Que auxiliassem para que aquela entidade pudesse também ser ajudada.

Quando ouviu a palavra – ajudada – referindo-se a ela, em sua grande irritação, soltou uma gargalhada aterradora, e, logo em seguida, com todos em preces, começou a falar:

– Então querem me ajudar? – perguntava, entre gargalhadas sarcásticas. – Procurem ajudar a vocês mesmos, que estão sem saída, e deixem-me em paz!

Dizendo isso, demonstrou ter perdido a vontade de rir e, muito encolerizada, teve ímpetos de levantar o médium. Estendeu as mãos em direção a Paulo e falou-lhe:

– Você, Paulo, tinha sido deixado para o final, mas é hoje que acabo com sua vida! – forçava para levantar e agredi-lo, porém, era contida pelos outros companheiros, ao pedido de que também continuassem em preces.

Reprimida em sua ação, ela continuou:

– Eu o odeio com todas as forças do meu ser! Ainda o aniquilarei! Destruirei sua família toda! Tirarei um por um daqui e o deixarei só, abandonado, sem nenhum afeto, como você está deixando nossas filhas!

Se alguma dúvida ainda restava em relação à entidade que ali estava, não havia mais. Idalina, ao ouvi-la, teve seu rancor contra Paulo aumentado, esquecendo-se do que havia lido no Evangelho momentos antes no preparo da reunião.

Dona Carminda tentava lhe falar, mas não conseguia – ela não lhe dava ensejo! Com a ajuda dos amigos espirituais, porém, ela pôde, não acalmar-se, mas, pelo menos ouvir, e iniciaram um diálogo.

– Querida irmã, é com muito amor que a recebemos para esta conversa, porque desejamos transmitir-lhe a vontade que temos de ajudá-la, pois sabemos que é sofredora.

– Eu não sou sofredora! Sou feliz no trabalho que realizo, e mais feliz estarei no dia em que conseguir todos os meus objetivos.

– Somente um deve ser o nosso objetivo – Deus – principalmente o de quem já não possui mais o corpo. Deus deve ser a sua meta, para que se desapegue das coisas materiais que não mais lhe servirão.

– Tem razão! O quanto eu quis esta casa em vida e não consegui. Sei que agora nada mais farei com ela, mas, se não me foi possível tê-la, também não quero que ele fique tranquilo nela, vivendo com seus familiares, enquanto nossas filhas estão ao abandono.

– Isto não é verdade, irmã! Sei que elas estão amparadas, com todo o conforto, e na companhia de pessoa que delas cuida com carinho.

– Como a senhora pode saber disso? Certamente é o que ele lhe contou.

Cada vez que mencionava a pessoa de Paulo, através do pronome – ele – apontava-o com o braço erguido, demonstrando rancor.

– É a verdade! – respondeu-lhe dona Carminda.

– Não é a verdade! – contestou. – Elas têm a casa, a roupa e o alimento, mas não têm a companhia do pai, nem o seu carinho!

– Não nos cabe agora discutir essa questão! Temos que pensar em você e queremos ajudá-la a sofrer menos, a mudar seu pensamento, para que compromissos mais sérios não sejam adquiridos.

– Isto não me importa! O meu compromisso é outro, é comigo

ALMAS A CAMINHO DA REDENÇÃO | 193

mesma, e dele vou me desvencilhar, mas somente quando meus objetivos estiverem concretizados.

– Você nunca pensou que não fazemos sempre o que queremos? Que existe uma força maior que emana de Deus, e que pode impedir nossos passos, no momento que achar conveniente? Penso que não imaginava estar hoje falando conosco, e sei até que, se pudesse, teria fugido, não é verdade? Onde estão todos os que estavam sob suas ordens? Procure vê-los! Tenho a certeza de que não encontrará mais nenhum!...

– Se aqui não estiverem, é muito fácil trazer outros! É só pedir ajuda que a terei à hora que quiser.

– Você não vai pedir essa ajuda, porque também não permanecerá mais nesta casa. Hoje é a oportunidade que lhe chega de partir para locais de tratamento, refazer-se completamente, mudar seus intentos e ser mais feliz, voltada ao bem! Compreendeu-me?

– Compreendi, mas nada do que me propõe, interessa-me! Se me levarem à força, esteja eu onde estiver, fugirei e voltarei! Enquanto não vir esta casa vazia, eu aqui permanecerei, mesmo que me tirem mil vezes!

– Até quando Deus permitir, porque, no dia em que Ele resolver que nunca mais voltará, estará impedida para sempre.

– Eu faço a minha vontade, e não fico à mercê da vontade de ninguém!

– Tenho a certeza de que não era de sua vontade falar conosco. No entanto, estamos conversando, e eu estou feliz por isso.

– Mas eu não, em falar com vocês, a não ser pela oportunidade de me dirigir diretamente àquele crápula que está à minha frente! – novamente apontou Paulo, com demonstrações de ódio.

– Pois então! Se não está com vontade de conversar conosco, e o está fazendo, é porque não faz somente o que deseja.

– Já quis ter escapado quando o primeiro começou a falar, mas não consegui! Não sei o que foi, mas não pude transpor a porta.

– A irmã, hoje, está nas mãos do bem, do amor e do nosso profundo desejo de vê-la mais tranquila, mais feliz e com outros pensamentos.

— Ninguém mudará meus pensamentos, e suponho que já falei demais! Se não pude fugir da casa, não sou obrigada a ficar aqui falando. Quero me retirar desta situação incômoda de interrogatório e de invasão da minha vida!

— Aceite o nosso oferecimento e estará liberta neste mesmo instante. Partirá, depois, com os benfeitores espirituais, que sei, estão ao seu redor.

— Não vejo ninguém, e não aceito nada! Vocês são tão ingênuos quanto ele! Se imaginaram que iriam me convencer, agora viram que não sou de brincadeira. Meu acerto é com Paulo e todos os seus familiares. Continuarei nesta casa e não desejo mais vê-los me importunando!

Dizendo isso, retirou-se do médium que recuperou a consciência, deixando os assistentes estupefatos pelo que haviam ouvido, e os moradores da casa, receosos da presença que ainda continuaria entre eles.

25
TRANSFORMAÇÃO

TERMINADA A REUNIÃO com as preces costumeiras de agradecimento, ninguém pronunciou uma única palavra. Paulo continuava de cabeça baixa, envergonhado. Idalina tivera suas mágoas e decepções avivadas, acrescidas até de um sentimento de ódio. Leda não queria se envolver no problema de ambos.

Dona Carminda que atendera àquela irmã tão revoltada, compreendendo que, apesar de tudo, a reunião tivera sucesso, falou-lhes:

— Era esperado que um espírito dessa natureza não aceitasse nada, nas condições em que se encontrava. Já havia avisado ao senhor Paulo que, talvez, fossem necessárias novas reuniões. O importante é que seus companheiros foram levados, e, na próxima vez, o trabalho terá mais êxito. Os amigos espirituais providenciarão mais recursos, os que se coadunem com a necessidade daquela irmã, e, tenho a certeza de que conseguiremos. Nossos objetivos são nobres e venceremos. Deus não permitirá que um ser tão sofredor e cheio de ódio, passe a dominar-lhes completamente a vida. Ele o permite, no limite de nossas próprias necessidades de reflexão e reformulação de conceitos e comportamentos. Não fiquem aborrecidos, pois, diante de Deus, tudo tem o seu lado benéfico, mesmo quando achamos que sofremos. Se ao terminar esse problema, fizerem um balanço do que restou para si próprios, não em aquisições passageiras para esta vida, mas as duradouras, para a vida futura, verão que muito cresceram diante de Deus. Basta que saibam compreender o momento de aflição, mantendo a união familiar em que todos, irmanados no entendimento e no perdão, possam se ajudar mutuamente. Mais levaremos daqui, quanto mais soubermos compreender nossos irmãos de caminhada, compreendendo suas deficiências, ajudando-os a se reerguer.

Concluída esta orientação, tão oportuna às necessidades da família, acrescentou:

– Na próxima semana, nesse mesmo dia, voltaremos e faremos nova reunião! Se Deus nos permitir, teremos sucesso! Do contrário, tornaremos a voltar, mas estejam certos, durante esse período, aquela irmã irá sendo trabalhada pelos benfeitores espirituais e voltará diferente!

O pequeno grupo retirou-se, acompanhados até à porta por Paulo, que retornou junto de Idalina e Leda, sem chamar os filhos, porque esperava por alguma conversa, algum comentário. Contudo, ninguém tinha coragem de pronunciar a primeira palavra. Temia qualquer reação do outro e não se atrevia, mas Leda, querendo ajudar, começou a falar:

– Vocês ouviram a explicação de dona Carminda após a reunião? Deve ter sido orientada por algum espírito bom que quer auxiliá-los a recompor a família, a fim de que esqueçam problemas, superem decepções e procurem, senão compreender e perdoar, pelo menos começar a se esforçar para isso! Você ouviu, Idalina, que um espírito foi encarregado de impedir que você voltasse para casa? Procure analisar-se agora, se as atitudes que tomou, de recusa, e até de alheamento quanto a seus filhos, algum dia fez parte do seu pensamento. Todas as mães são extremosas na dedicação aos filhos, mas você é exímia! Para impedir que sofram, você não vacilou em sacrificar-se, no entanto, recuperado o seu bem-estar e equilíbrio mental, não quis voltar. Pense bem! O que me diz sobre isso? Acreditou no que ouviu?

ALMAS A CAMINHO DA REDENÇÃO | 197

Solicitada a falar, mesmo sem muita vontade, Idalina levantou a cabeça e respondeu:

— Muitas vezes eu me perguntava sobre o que me falou, e não sabia o que acontecia. Acredito plenamente em tudo o que ouvi. Desde a página do Evangelho senti-me tocada, mas depois, com a fala daquela criatura, irritei-me novamente. E no final, quando aqueles conselhos foram dados, entendi, foram todos para mim!

— Para você apenas, não! — interferiu Paulo. — Se alguém aqui errou, esse alguém fui eu e, dos meus atos impensados, trouxe tantos problemas para você, para o nosso lar tão abalado! Não peço que me perdoe, como já o pedi muitas vezes! O que fiz não tem perdão. Mas se quiser recomeçar, sabe que a amo, sempre lhe afirmei, e é este lar que conta com você e nossos filhos! É onde sinto segurança, solidez e tranquilidade, apesar de tê-lo conspurcado tanto. Fique conosco novamente! Não prive seus filhos de sua companhia, nem a nossa casa da sua presença! Você não imagina o quanto ela ficou triste e vazia sem você!

— Não vou mais embora, hoje, pelos meus filhos. Agora consigo raciocinar com lucidez, e sei, não devia ter demorado tanto para voltar, mas, quanto a nós...

— Eu sei esperar. Talvez um dia você ainda possa me perdoar. É o que farei daqui para a frente. Esperarei apenas o dia em que terei o seu perdão, e para isso viverei, você verá.

— Não me esqueci do que ouvi daquele ser enraivecido, que ainda continuará nesta casa!...

— Agora será diferente! Ela está sozinha e vigiada! Não nos importunará mais! Veja quanto bem fez o trabalho! Ela também poderá ser ajudada e mudar, deixando de alimentar tanto ódio e tanta ambição.

— Você não se esqueceu do que ela falou de suas outras filhas? — perguntou-lhe Idalina, num grande esforço.

— Como esquecer? Essa mágoa carrego comigo! Elas não têm culpa dos erros dos pais! São meninas boas e dóceis, muito diferentes da mãe, e dói-me deixá-las tão abandonadas, mas sei que nada posso fazer por elas, agora. Nada lhes deixo faltar, porém, mantenho a distância a que sou obrigado!

– Quero conhecê-las! – manifestou Idalina, para surpresa dele.

– Não é conveniente, por enquanto. Ficarei muito feliz quando isso ocorrer, mas, por ora, não! Elas nada sabem desta minha vida, e só lhes aumentaria a tristeza. Deixemos o tempo passar que soluções virão. Confiemos em Deus que está nos ajudando, e vê o meu íntimo tão sofrido e arrependido. Ele me mostrará algum caminho.

Leda, que ainda ali permanecia, achou por bem se retirar e, levantando-se, disse:

– Penso que já não sou mais necessária aqui! Quero deixá-los a sós para que se entendam! Creio que não vai voltar comigo, não é Idalina?

– Não, vou ficar, vou tentar, vou esforçar-me. Agradeço-lhe tudo o que tem feito por nós. Quem sabe não precisemos mais importuná-la com nossa presença em sua casa, a não ser para visitas.

– Fiquem com Deus! Procurem pensar bastante, analisar a situação, e não se curve, Idalina, aos desejos de sugestões menores. Levante a cabeça e continue o seu caminho! Apoie-se em Deus, que Ele a ajudará a vencer esse período tão difícil!

Depois que ela saiu, Paulo foi chamar os filhos, dizendo-lhes que a mãe permaneceria em casa, e todos voltaram felizes, querendo abraçá-la. Dulce, mais agarrada a seu pescoço, falou-lhe:

– Agora a nossa casa voltará a ser feliz!

A paz parecia retornar à mansão. Nos primeiros dias após a reunião, nada mais os perturbou durante a noite. Aquele cordão de luz, colocado ao redor da casa, ainda lá se mantinha – nem ela saía, nem nenhuma entidade entrava.

Idalina esforçava-se para ser mais cordial com Paulo, não mais o acusando. Sofria muito, mas não reclamava nem o responsabilizava por nada. A normalidade parecia ter retornado, não obstante o receio ainda tomasse conta do casal. Sabiam que ela permanecera, e, como não tinham a visão nem o conhecimento do que se passava no lado espiritual, receavam novos problemas. Não sabiam o que

ALMAS A CAMINHO DA REDENÇÃO | 199

os benfeitores espirituais fizeram, o que ocorria, mas a verdade é que nada mais sentiam e os dias passavam.

Leda sempre entrava em contato com a cunhada e até visitou-a por duas vezes, estimulando-a à reconciliação plena. Só lhe faria bem, e ajudá-la-ia a mais depressa esquecer, ou ao menos a aceitar os erros alheios. Paulo era culpado, mas merecia compreensão e uma nova chance. Idalina esforçava-se e aguardava o dia da nova reunião. Estavam ansiosos para saber que solução lhes traria, mas confiavam que, se Deus ajudasse, fosse definitiva.

O que eles não podiam ver nem imaginar, era a atividade intensa que estava ocorrendo para isso. Ao término da reunião daquela noite, quando a entidade nada aceitara e nenhum argumento a convencera, por mais se esforçassem, ela ficou por conta dos benfeitores espirituais que lhe dispensariam recursos necessários à sua modificação.

Sim, trabalhariam a sua modificação! Se a caridade se faz em favor dos encarnados, para levar-lhes a paz e o alívio quando Deus o permite, muito mais deve ser feito àqueles que estão em atividade demolidora. Os encarnados estão em resgates, em lutas, e muitas oportunidades ainda têm, pelo aprendizado, pelas ações no bem, e, a cada dia, de acordo com o esforço próprio, podem conseguir muito em luzes para seus espíritos. Àqueles, porém, que já perderam o corpo, outros recursos devem ser ministrados, para que mudem seus intentos e também possam estudar, aprender e passar a agir no bem.

Assim, terminada a reunião, o que passou a importar era o resgate da irmã tão apegada ao mal, à vingança; entretanto, muito trabalho precisaria ser realizado. Um dos amigos espirituais que ali compareceram foi designado para permanecer com ela. Devido ao seu estado grosseiro, às suas ações, ela não podia vê-lo, mas sentia--lhe os efeitos. Levada a um dos quartos vazios da mansão, que lá os havia muitos, a nova hóspede, por mais se esforçasse, dele não conseguia sair. O aposento fora todo trabalhado, sobretudo nos seus acessos de saída, pois irmãos, com o espírito ainda muito denso pelo apego à Terra, deles necessitam. Tapumes fluídicos foram colocados, e ela, ao tentar fugir, via-se impedida. Cansada de seus intentos frustrados, encostou-se a um canto e, nervosa, chorou muito, não de arrependimento, nem de tristeza, mas de revolta.

Era o momento certo! O irmão designado para ficar em sua companhia começou a falar-lhe. Voz doce e terna penetrava-lhe o imo do ser, fazendo-a olhar, procurar descobrir de onde aquelas palavras vinham com tanto amor, sem, contudo, nada ver.

Ele apelou para o que sabia de sua vida, recordou sentimentos bons, demonstrados em algumas poucas oportunidades; fê-la, sobretudo, lembrar-se da sua infância, quando ainda indefesa, dependia dos pais e por eles tinha carinho, apesar da vida difícil pela precária situação financeira em que viviam. Mas as crianças ainda não atentam para isso, e o carinho da mãe era tudo o que possuía e a fazia feliz.

Recordou-se então de situações ternas desse período, das esperanças da juventude, e os dias foram passando. A cada vez situação nova era trazida do armazém de suas lembranças e colocadas à tona, vivas em seu coração. Ao cabo de alguns dias, sua mente, tão fixa no passado feliz, estava mais tranquila, ao mesmo tempo, desligada do ódio e dos problemas atuais. Fizeram-na, propositadamente, isolar a mente das filhas, para não se perturbar novamente, e, ao chegar o dia da reunião, já marcada, uma surpresa muito grande lhe estava reservada.

26
REDENÇÃO

EM NENHUM MOMENTO aquela irmã tão infeliz deixou o aposento para onde fora levada e, durante o tempo em que lá permaneceu, aos cuidados de amigos espirituais que trabalhavam a sua modificação, muito aconteceu. Nada via, mas as vibrações de amor que lhe eram direcionadas chegavam-lhe tão intensamente que, aos poucos, foi se acalmando e captando as emissões trazidas de um passado mais feliz, de maior pureza e menos ambições.

Nova reunião realizar-se-ia àquela noite, e, pela primeira vez, seria retirada daquele quarto para participar, mostrando que esquecera muitos dos seus propósitos e que estava mais tranquila.

Mas voltemos à surpresa que lhe fora permitido receber como solidificação de tudo o que havia conseguido, a fim de que, no momento em que dali fosse retirada, os mesmos propósitos maléficos não retornassem.

No fim da tarde, poucas horas antes da reunião começar, além dela e do irmão que a acompanhava com nobres propósitos, muitas entidades começaram a chegar, trazendo-lhe um ente que lhe fora muito querido, e ao qual estivera ligada mentalmente nos últimos dias. Ela, porém, não poderia vê-lo! Mas se captara as vibrações de amor que lhe haviam sido emitidas, como não captar o mais puro sentimento que há no orbe terrestre, que é o amor de mãe?

Sim, sua mãe fora trazida e observava a filha naquelas condições tão tristes, a aparência tão transformada por tanto mal que abrigara no coração... Todavia, achegando-se a ela, abraçou-a com muito amor como fazem as mães, mais ainda quando os filhos são necessitados, e só então ela sentiu algo estranho. Levantou a cabeça, começou a procurar, olhava muito e não se conteve:

– Mãezinha, sinto-a comigo! Você está aqui, minha querida?

– Sim, filha querida, estou aqui! Trouxeram-me para ver-te, para estar contigo e ajudar-te! Vejo que estás necessitada e sofres muito. Mas aqui estou e, se quiseres, poderás ver-me como nos velhos tempos! Ficarei contigo e te levarei, basta que o desejes! Firma teu pensamento em Deus, nosso Pai Criador, que permitiu este encontro, e pede, filha, com a força que trazes em ti, que desejas ver-me e estar comigo, que Ele, percebendo a pureza e sinceridade do teu pedido, te atenderá!

– Eu quero, mamãe, eu quero!... Eu preciso vê-la! Estive em pensamento em sua companhia, nestes últimos dias, e sinto-me transformada! Sofro muito, e só o seu carinho e o seu amor farão com que o meu sofrimento se suavize.

– Pois então, filha! Sabes que aqui estou, roga a Deus que possas ver-me, e Ele te atenderá!

– Já esqueci como se ora!

– Não é preciso que ores como o fazia! Fala o que trazes no coração, expressando o mais íntimo dos teus desejos, neste momento, que Ele ouvirá o teu pedido!

– Ajude-me, mamãe!

– Sim, filha! Repete comigo! – Deus, meu Pai e Criador de toda esta Natureza, esta tua filha que tanto tem errado, muito tem sofrido e, arrependida de tudo o que tem feito, só traz um desejo: Estar em companhia da mãezinha querida, para ser amparada e começar a ver novos horizontes que eu própria afastei de mim, pela ambição e pela falta de piedade! Eu, meu querido Pai, que não tive piedade dos outros, rogo que a tenhas para comigo! Prometo-te que se me concederes a felicidade de estar com minha mãezinha, vendo-a, e

ALMAS A CAMINHO DA REDENÇÃO | 203

aconchegada a ela qual criança assustada, necessitada e arrependida dos males que praticou, deixarei tudo o que fazia, mudarei todos os meus propósitos, e daqui partirei feliz em sua companhia!

À medida que repetia as palavras pronunciadas pela mãe, cada uma penetrando na sua alma, lágrimas começaram a se lhe derramar dos olhos. Aos poucos, porém, as névoas que os envolviam foram se aclarando, e, mesmo através dos olhos molhados, ela pôde ir tendo a visão da mãe. Ao término da prece dirigida a Deus, ambas estavam felizes, abraçadas e chorando muito. Os benfeitores espirituais que ali permaneceram, auxiliando-as em vibrações de amor, elevavam hosanas ao Pai, por mais um filho perdido que retornava ao seu aprisco.

Logo mais a reunião se realizaria, e, na mansão, em Paulo e na esposa, novas esperanças surgiram. Não sabiam o que se passara – ninguém teria alcance para sabê-lo – mas isso não importava. Bastava sentirem o resultado ao presenciar a transformação operada naquela entidade até então tão sofredora e rancorosa. Só assim teriam a certeza de que a casa, a família, continuaria em paz, mas para que esta paz se concretizasse efetivamente dependeria de cada um deles, mais especificamente da capacidade de Idalina para compreender, perdoar e aceitar o marido, mesmo com tantos sofrimentos.

Idalina mudara bastante. Quando só, voltava o pensamento para a leitura do texto do Evangelho da noite da reunião e para as palavras da senhora que os atendera. Todas calaram-lhe profundamente o âmago do ser, e ela estava se esforçando e conseguindo, ainda mais que desfrutavam de uma semana de paz.

À hora já costumeira, o mesmo grupo compareceu. Leda também quis participar e se fazia presente. Todo o procedimento foi idêntico ao da semana anterior, com a diferença de que encontraram corações mais tranquilos.

A reunião realizar-se-ia na mesma sala. Mãe e filha, após aquele interlúdio no lado espiritual, ali também se encontravam. O ambiente espiritual era outro. Nenhuma entidade das que colaboraram naquela ação havia mais.

Os benfeitores espirituais estavam felizes pela tarefa cumprida, e muito mais pela transformação operada naquela entidade tão necessitada.

A reunião que se realizaria, para eles não seria mais tão importante, porém benéfica para que os encarnados tomassem conhecimento da mudança de propósitos daquele ser, como também a ela própria, que, sendo levada outra vez à comunicação, poderia até pedir perdão do que fizera. Se isso ocorresse, mais ainda o seu espírito receberia em bênçãos de Deus. Tudo estava pronto! A preparação efetuada, os filhos já retirados, e a outra parte começaria.

Nova prece foi proferida pedindo a proteção e amparo dos amigos espirituais, sob as bênçãos emanadas de Deus, e ao mesmo Criador apelando para que aquela entidade novamente se fizesse presente.

Terminada, um dos médiuns sentiu um envolvimento muito agradável, e reconheceu não ser de nenhuma entidade necessitada. Alheando-se o mais que pôde de si mesmo, deixou que ela lhe tomasse a mente e expressasse os seus sentimentos. Assim, todos puderam ouvir belas palavras de incentivo, de amor e algumas explicações sobre o que ainda ocorreria. Encerrando a sua manifestação, pediu que ajudassem com pensamentos elevados a Deus em preces, para que a conclusão do que já haviam conseguido fosse a mais profícua possível, e retirou-se.

Outro médium começou a dar indícios de estar envolvido, e o espírito foi solicitado a manifestar-se. Vinha calmo, sereno e dócil. Mal puderam acreditar, quando, por algumas palavras, perceberam tratar-se do mesmo ser que os prejudicara tanto. A mãe não a deixou um instante após aquele abraço de redenção, e mantinha-se a seu lado, influenciando-lhe a mente de modo que estivesse serena, e até demonstrasse arrependimento. Pediu perdão por todos os sofrimentos que havia ocasionado, prometia-lhes não mais permanecer na casa, pois lhe fora mostrado um outro caminho. Estava junto de um ser muito querido que a ampararia e a auxiliaria em sua nova caminhada. Num momento de grande lucidez provocada pela mãe, com o auxílio dos amigos espirituais presentes, recordou-se das filhas e acrescentou ao que já havia falado:

– Só uma dor levo comigo, além do arrependimento de tudo o que fiz. A tristeza de ter deixado minhas filhas ao abandono. Poderia ainda estar tranquila, vivendo como encarnada junto delas, se não tivesse sido tão obstinada na minha ambição. Contudo, já não posso evitar o que está feito. Sei que elas têm todo o conforto material, mas isto não é suficiente. Vejo-o por mim! Passei muitas privações com as quais me revoltava sempre, mas tinha o amor e carinho de minha mãe, e, graças a esse amor, é que aqui me encontro de partida em sua companhia. Sei do amor que demonstram pelos filhos, nesta família, e devem também ter sido filhos amados. Por isso rogo-lhes: Não deixem minhas filhas entregues a si mesmas! Elas precisam de orientação e carinho. Precisam crescer amparadas numa família! Se souber que isso será possível, a minha partida será menos angustiante. Nada mais posso fazer por elas, principalmente agora, que ainda sou muito necessitada, dependente de minha própria mãe, e já não estou mais entre os que possuem um corpo. Mas vocês muito ainda poderão fazer, não só em amparo material, mas em orientação, carinho e apoio de uma família bem constituída! É só isso que espero para partir mais tranquila.

Todos a ouviam, emocionados, sem compreender como uma transformação tão grande pôde ser operada em seu ser. Todavia uma pessoa, dentre os presentes, sentindo aquele apelo mais profundo do seu coração, por também ser mãe, não resistiu e começou a falar:

– Prometo-lhe que as traremos para a convivência com a nossa família, e o carinho que distribuo a meus filhos, esforçar-me-ei para dar também a elas. Sei que será difícil, mas lutaremos e venceremos. Com o passar do tempo a normalidade voltará, e elas terão até o meu amor. Elas não têm culpa de nada, e não devem sofrer pelos atos dos pais!

Não precisamos dizer que quem assim se manifestou foi Idalina, que sempre se mantivera firme em sua posição de não perdoar, conquanto a bem da verdade os espíritos, que ora estavam habitando os corpos daquelas duas meninas órfãs, tivessem, no passado, feito algo para a atual dolorosa expiação...

Paulo ouviu-a enternecido, e a admiração e amor que sempre sentiu pela esposa, naquele instante cresceram muito. Desejou levantar-se e abraçá-la, mas compreendia não ser o momento. Tranquilizada pelas palavras de Idalina, ainda se dirigiu a Paulo pedindo perdão pelos sofrimentos que havia causado a ele e à sua família e retirou-se.

Ele manteve-se calado. Nenhuma entidade mais manifestou desejo de vir à comunicação, e a reunião foi encerrada com as preces costumeiras. A surpresa do momento e a emoção que os envolvia, impediram da parte deles qualquer comentário. A senhora que trouxera o seu pequeno grupo para tarefa tão enobrecedora, manifestou-se:

— Estão surpresos, não?

— Muito, muito mesmo! — concordou Paulo. — Não imaginávamos que em tão pouco tempo, e conhecendo-a como conheci, fossem conseguir tanto! Era outra!

— O Plano Maior tem recursos que fogem ao nosso conhecimento e à nossa capacidade de imaginação, mas consegue muito! Nós trabalhamos querendo nos livrar de transtornos, de perturbações causadas por irmãos infelizes. Eles ajudam-nos e também querem o nosso bem, no entanto, de que adiantaria promoverem o nosso bem-estar, sem conseguirem redimir esses irmãos? O trabalho tem que ser completo, mas eles interessam-se muito mais pela redenção de almas infelizes e atormentadas pelos próprios vícios, do que por nós mesmos, que ainda continuamos em caminhada, com tantas oportunidades a nossa disposição! Compreendem, irmãos?

— Muito devem ter trabalhado! — pronunciou-se Leda.

— Sim, são incansáveis, e lhes dissemos, na semana passada, que a nossa irmã não se retirara, mas voltaria diferente. Pelo que ela mesma disse, trouxeram-lhe a mãe, e só com a sua ajuda foi possível partir redimida. Agora a paz retornará na mansão, e espero que também na família, uma vez que a causa principal se voltou a Deus e não os perturbará mais! Cabe a vocês mesmos, agora, viverem de

ALMAS A CAMINHO DA REDENÇÃO | 207

modo a nunca mais se enredarem pelas próprias invigilâncias, em teias que os emaranhem tanto!

– Sei que sou o culpado, mas arrependi-me e tenho sofrido muito! Prometo, irmã, tudo fazer para terminar meus dias, esforçando-me para colocar o Evangelho de Cristo em minhas ações, a fim de também poder me redimir de tantos erros, de tantas culpas.

– Deus ouve e auxilia aqueles que fazem seus propósitos no bem, e o ajudará! Depende apenas do senhor mesmo. Bem, se ficaram satisfeitos, nós também ficamos e podemos nos retirar.

Idalina, que nada havia falado depois da sua promessa durante a reunião, não quis deixar perder a oportunidade e manifestou-se:

– Gostaria muito de conversar com a senhora, se pudesse ter alguns momentos para mim!

– Estou à sua disposição, fale!

– Não agora que devem estar cansados e têm suas obrigações.

– Poderemos marcar para amanhã mesmo, se puder.

– Sim, amanhã à tarde estará bem para mim.

– Eu a esperarei!

27
EM BUSCA DE ORIENTAÇÃO

NADA FOI MENCIONADO em relação ao que Idalina prometera, e Paulo, embora feliz, não teve coragem de tocar no assunto. Se ela se dispusera, cumpriria. Ele sabia que, se aquela promessa se concretizasse, mais sofrimento e vergonha lhe adviriam. Como trazer as filhas para a convivência da família, sem revelar tudo, tanto a elas quanto a seus filhos? Como reagiriam diante de tal revelação? E a convivência, depois, como seria? Haveria hostilidades, tinha certeza. Elas estariam amparadas numa família, a do próprio pai, mas como seriam tratadas pelos irmãos? Talvez fossem humilhadas, espezinhadas, e ele, alvo dessas mesmas atitudes.

Ao mesmo tempo em que essas reflexões começavam a fazer parte de seus receios, pensava que se Idalina se dispusera a recebê-las, mesmo sofrendo também, a todos ajudaria para superarem esse período. Ela era determinada e convicta em seus sentimentos e ações e, se prometera, cumpriria, fazendo o melhor que pudesse.

No entanto, nada deveria dizer ou perguntar. A revolta talvez retornasse e tudo estaria perdido. Esperaria a sua própria manifestação, ainda mais que ela teria a entrevista com dona Carminda. Bons conselhos receberia, e sairia de lá bem orientada e com o ânimo elevado.

À retirada de todos, Idalina manteve-se como sempre. Foi ao encontro dos filhos, garantindo-lhes que nada mais haveria na casa, sem entrar em muitos detalhes.

O repouso foi calmo, e o dia seguinte, trazendo esperanças novas, chegou. Paulo saiu pela manhã, sem nada falar da entrevista, mas, ao voltar para o almoço, perguntou a Idalina se desejava que a levasse.

Ela recusou, não mais com rancor, e, desculpando-se, disse não saber o quanto demoraria. O motorista a levaria, assim teria como voltar.

– À noite – acrescentou ela – depois da minha conversa com dona Carminda, quero falar com você!

– Sabe que estou à sua disposição, e anseio por essa conversa há muito tempo!

À hora combinada ela chegou e já era aguardada.

Muito havia sido feito em favor do seu lar, onde tantas perturbações, mágoas e sofrimentos os envolviam. Mas, no cumprimento de suas tarefas, se dona Carminda mais pudesse acrescentar ao que já lhes fora concedido por Deus, mais felizes ficariam.

Quando Idalina entrou, ela não só a recebeu cordialmente, mas com alegria. Sabia que a conversa que manteriam seria decisiva para que a paz retornasse ao lar daqueles irmãos – pelo menos a paz perdida por todas as situações adversas vivenciadas ultimamente. Para isso se preparara. Rogara a Deus lhe inspirasse a palavra certa e a orientação correta, com a força de demover qualquer ressentimento que dona Idalina ainda trouxesse em seu coração. E que os ajudasse a caminhar em paz e no amor de Jesus, segundo o que ele espera de cada um neste orbe. Levando-a à sala onde habitualmente atendia, logo se colocou à sua disposição:

– É com muita alegria que a recebo, dona Idalina! Sei que muitos problemas a envolvem intimamente, muito maiores que as situações difíceis que fizeram parte de seu lar.

– Tem razão. Tenho sofrido muito, talvez, não por todas as mágoas que Paulo me causou, mas pela minha incapacidade de aceitação. Sei que ele está arrependido, conheço-o bem! Constantemente tem me pedido perdão e nova oportunidade, mas, apesar de amá-lo muito e reconhecer que ele também me ama e sofre, está muito difícil para mim. Anseio por novamente estar em seus braços, esquecida de tudo, mas não consigo.

– A senhora tem tentado, pelo menos, para saber se não consegue?

– É-me difícil olhar em seus olhos, tão magoada me sinto. Cada vez que o olho, vejo nele a outra....

– Ontem, durante a reunião, mostrou seu coração sensível ao apelo daquela mãe, e o que prometeu, é muito mais difícil de cumprir, no entanto prometeu. Ou foi só a emoção do momento e não vai cumprir a promessa?...

– Esforçar-me-ei para cumpri-la e bem, mas preciso acostumar--me com a ideia e aprender a resolver os problemas que me acarretará. Temos nossos filhos que nada sabem, as meninas também não, por isso gostaria de ter a sua orientação sobre como me conduzir nesta situação toda. Tenho pena das meninas e imagino meus filhos em seu lugar.

– O mais difícil está feito, a sua aceitação, o afeto que prometeu a ambas e a sua modificação interior. A partir daí, tudo será mais fácil! Seus filhos não resistirão às suas explicações, às suas palavras. No momento em que conversar com eles, se manifestar compreensão, perdão ao senhor Paulo, e tranquilidade ao expor o assunto, com o desejo de amparar as suas outras filhas, que têm o mesmo direito que eles próprios, também aceitarão. Não se esqueça de que os filhos são o reflexo dos sentimentos dos pais. Se lhes demonstrar revolta, mais ainda se revoltarão, e quererão defendê-la junto ao pai, condenando-o, e até expulsando-o de casa, para ajudá-la a não sofrer, no entender deles.

Idalina ouvia-a atentamente, penetrando no sentido de suas explicações, sem nenhuma interferência, e ela continuava:

– Do momento em que ambos, a senhora e o senhor Paulo, chamá-los, expuserem o problema, que não precisa ser explicado em toda a sua extensão nem lhes dizer de onde partia a causa das perturbações do lar, eles, vendo a sua atitude de serenidade, compreensão e aceitação, talvez se magoem e até se decepcionem com o pai, que têm como modelo de virtude, mas, com o passar do tempo, também esquecerão o lamentável incidente. Dependerá muito da senhora. Eles se espelharão em suas atitudes e nos sentimentos que demonstrar. Aprenda a estimulá-los a manifestar simpatia, de início, em relação às irmãs, dizendo-lhes que elas não são culpadas do enredo em que foram envolvidas. Faça-os colocarem-se no lugar delas, e, tenho a certeza de que, não terá tantas dificuldades. A senhora sabe, o erro é humano! Hoje o senhor Paulo sofre as consequências de seu erro, levando problemas para toda a família, mas não sabemos o dia de amanhã! O mundo oferece muitas ilusões que nos desviam do caminho correto da retidão de caráter, mas nem por isso devemos condenar os que se perderam por esses caminhos, sobretudo quando reconhecem o erro e retornam arrependidos, pedindo perdão. Não devemos negar o perdão a quem no-lo pede, para não negar-lhe a oportunidade de redenção. Pense em tudo isso, dona Idalina, pense na senhora mesma, no senhor Paulo e tome a decisão mais acertada!

Idalina continuava atenta, refletindo em cada palavra que lhe atingia o coração, sem nada dizer, para não perder a essência de aconselhamentos tão benéficos, e ela prosseguia:

– Não precisa já amanhã sair correndo, ir ao encontro das meninas e levá-las à sua casa, o que seria desastroso. Tudo tem que ser feito com muita cautela para não agredir os sentimentos de nenhuma das partes – de seus filhos e delas próprias! Entretanto, para que consiga bons resultados, com serenidade e eficiência, um ponto é primordial – o seu bem-estar interior em relação ao senhor Paulo. Só depois que estiver bem com ele, aceitando-o completamente em seu coração, apesar do erro cometido, é que terão condições de encetar essa nova etapa, que sabe, será difícil. Mas aí, o torná-la mais fácil vai depender da senhora. O senhor Paulo está disposto e a ama. Receba-o como se fosse um reencontro em que tivessem estado afastados por outros motivos, não os da mágoa nem os dos ressentimentos. Faça como se hoje ele estivesse regressando de uma longa viagem, e novamente está com a senhora para, juntos,

ALMAS A CAMINHO DA REDENÇÃO | 213

continuarem a caminhada. Não desperdice a oportunidade de fazê-
-lo feliz, ficando feliz também. Só assim conseguirão solucionar o
que deseja, com tranquilidade e aceitação de todos.

– A senhora tem palavras que, além de nos tocar o coração, nos
dão muita força e disposição de tudo enfrentar.

– Se fugirmos dos problemas e não os enfrentarmos como
Jesus nos ensinou, praticando o perdão, tantas vezes quantas forem
necessárias, a nossa encarnação, aqui, deixará de cumprir a sua
finalidade. O Pai no-la concede, esperando que Seus filhos retornem
a Ele, felizes das tarefas bem cumpridas.

– Agradeço-lhe muito, e vou esforçar-me para bem cumprir o
que me impus.

– Posso dar-lhe mais um conselho, dona Idalina?

– Todos os que desejar, que só me conduzirão, cada vez mais,
ao caminho certo.

– Quando se entender bem com seu marido, comece, junto
com ele, a fazer visitas às meninas, sem procurar ver na casa, a
outra que lá não mais está, mas tentando fazer amizade com elas,
demonstrando-lhes o seu carinho. Elas devem estar carentes de afeto
e lhe serão bastante receptivas. Quando as tiver conquistado – penso
que não demorará muito, pela situação em que vivem e a índole
boa que têm, segundo o que o senhor Paulo falou – aí sim, será o
momento certo de fazer-lhes a revelação, e convidá-las para morar
com a sua família. Depois que essa parte ficar acertada, fale com
seus filhos que entenderão melhor, e poderão levá-las com vocês.
Será mais fácil também a elas, que não se sentirão totalmente entre
estranhos. Entendeu-me?

– Sábios conselhos que procurarei seguir. Hoje à noite, quero
ter uma longa conversa com Paulo, e, queira Deus, tudo fique
acertado entre nós.

– Pedirei a Deus por isso, dona Idalina. Esforce-se que a sua
recompensa virá d'Ele.

Idalina deixou o centro bastante fortalecida, alegre e
esperançosa. Estava ciente de que novo período difícil teria de

enfrentar, mas se dispusera e conseguiria. Agora era diferente. Era uma imposição que fizera a si mesma e a cumpriria. Saía com toda a orientação e aconselhamento, e convicta de que faria o melhor.

Chegou a casa mais feliz, mais aliviada, demonstrando alegria. Os filhos perceberam que a amargura que ultimamente deixava transparecer, por mais tentasse disfarçar, havia se desvanecido.

O primeiro passo para a reconstrução da sua felicidade daria àquela noite mesma, quando Paulo chegasse. Contar-lhe-ia o aconselhamento que recebera, dizendo que lhe fora muito útil para o que desejava realizar, mas o fato de procurá-lo para pedir perdão partia de si própria.

Após o jantar, quando os filhos estavam acomodados, Idalina chamou o marido ao quarto para conversarem, e, alegando um motivo qualquer, para não deixá-los preocupados, pediu-lhes para não serem interrompidos.

Quando Paulo se viu a sós com ela, tendo percebido a sua mudança, expressou-se ansioso:

— Não via a hora de conversar com você e saber como foi a sua entrevista lá no centro!

— A melhor que poderia ter tido! Recebi conselhos valiosos quanto à minha promessa de ontem à noite e quero contar-lhe.

— Ontem, você se dispôs a um trabalho que me deixou muito feliz, mas não acredito que o realize!

— Se não acredita, ainda não me conhece o suficiente. Eu prometi, eu cumprirei! Nunca lhe falei, mas tenho pena daquelas meninas, porque vejo o carinho que dispensamos a nossos filhos.

— Vai lhe ser muito difícil! Ontem, quando prometeu, tive ímpetos de abraçá-la, mas não era o momento e, mesmo depois, receei ser repelido. Nem toquei no assunto, deve ter percebido.

— Sim, você ainda se sente muito envergonhado e receoso, por mim própria, pela minha intransigência. Contudo, se puder me perdoar, quero redimir-me dos sofrimentos que acrescentei à sua vida, quando poderia ter tido compreensão. Porém, estava acima de

ALMAS A CAMINHO DA REDENÇÃO | 215

minhas forças, e eu não poderia aplaudi-lo pelo mal que estava nos causando, mas sei que aprendeu muito com a experiência vivida!

– Compreendo, Idalina, e reconheço que tem razão! Eu merecia muito mais!...

– Agora que tudo já se transformou aqui, em nossa casa, quero tentar recompor nossa vida, e depois ajudá-lo a recompor a sua, em relação a suas filhas. Não vou lhe dizer que me está sendo fácil! Estou passando por cima do meu orgulho, do meu amor-próprio ferido, mas me dispus e cumprirei! Com o tempo nos acomodaremos e viveremos felizes.

– Como falaremos com nossos filhos? Será difícil para mim e para eles! Ficarão decepcionados comigo.

– Eu os auxiliarei a compreender, e será mais fácil. A mocidade encara os problemas de modo diferente. Eu sofri muito e não posso dizer que já tenha esquecido, mas estou me esforçando e os ajudarei.

– O quanto lhe sou grato, Idalina, por suas palavras! Há tanto tempo esperava a sua compreensão, se não podia ter o seu perdão. Mas vejo agora que recebo muito mais que mereço, a sua compreensão, o seu perdão, e com eles o auxílio para acomodarmos situação tão constrangedora, criada por mim.

– Não nego que sofri muito, nem tudo ainda está apagado em mim, mas reconheço que você tem sido sincero e eu o ajudarei. Recomporemos a nossa vida a partir deste momento. Depois, nós ambos enfrentaremos a outra parte que nos resta, e a nossa família se reequilibrará.

Terminado esse primeiro acerto, Paulo indagou:

– Posso, Idalina, dar-lhe aquele abraço de agradecimento que desde ontem está contido em mim, por suas atitudes?

– Não, abraço de agradecimento eu não quero! Mas se quiser me dar um abraço de reconciliação, demonstrando que me perdoa, que ainda me ama, não só aceito como também o desejo muito.

Estava terminado para eles um período tão difícil de mágoas, ressentimentos, rancores, e começaria a nova fase em que juntos deveriam trabalhar os filhos em seu lar, e as filhas de Paulo em sua casa, a fim de que, quando o encontro finalmente se desse, fosse realizado em bases sólidas de compreensão, de perdão, de amor fraterno.

Só assim a família, recomposta, readquiriria a serenidade e a paz que tanto desejavam. Fora um período difícil, é certo, mas muito todos eles haviam crescido em entendimento e em capacidade de compreensão, o que é muito importante para a felicidade de cada um neste orbe, pois, imaginando que se humilham, na verdade estão crescendo diante de Deus.